Alles hat seine Geschichte

Deyanira Vollgas schreibt seit dem neunten Lebensjahr Gedichte, Fabeln und Kurzgeschichten. Sie liebt Redewendungen, besonders wenn sie zwar noch erkennbar, aber doch irgendwie falsch sind. Sie führt eine Liste mit vom Aussterben bedrohten Wörtern und versucht, diesen in ihrem täglichen Sprachgebrauch wieder Leben einzuhauchen. Ihr Lieblingswort ist Pfropf.
Sie ist promovierte Ärztin und lebt an der Ostsee.

Alles hat seine Geschichte

Deyanira Vollgas

BIBLIOGRAFISCHE INFORMATION DER DEUTSCHEN NATIONALBIBLIOTHEK: DIE DEUTSCHE NATIONALBIBLIOTHEK VERZEICHNET DIESE PUBLIKATION IN DER DEUTSCHEN NATIONALBIBLIOGRAFIE; DETAILLIERTE BIBLIOGRAFISCHE DATEN SIND IM INTERNET ÜBER DNB.DNB.DE ABRUFBAR.

HERSTELLUNG UND VERLAG: BoD – BOOKS ON DEMAND, NORDERSTEDT
COVER: CLAUDIA SCHUBERTH, ZITRONENGELBES ERNSTBLAU BIEHT ROT., 2024
COVER-KÜNSTLERIN: CLAUDIA SCHUBERTH
1. AUFLAGE AUGUST 2024

ISBN 9783758314247

Hay sonrisas que no son de
felicidad, sino una manera
de llorar con bondad.

Gabriela Mistral
(poeta chilena con premio de nobel de
literatura)

Es gibt ein Lächeln, das kein
Lächeln des Glücks ist,
sondern eine Art, mit Güte zu weinen.

Gabriela Mistral
(chilenische Dichterin und Literatur-
nobelpreisträgerin)

Inhaltsverzeichnis

1. Die Geschichte des verlorenen Weins

»Kennen Sie die Geschichte?«, fragte der schwedisch-deutsche Patient in Zimmer sechs die chilenisch-deutsche Ärztin Luciana. Sie nickte bedächtig und mit einem Lächeln auf den Lippen, welches – wie sie hoffte – trotz ihres Mundschutzes zu erkennen war.

»Kennen Sie die Geschichte vom verlorenen Wein?«, hakte Herr Eriksson erneut nach. Natürlich kannte Luciana die Geschichte. Schon von klein auf hatte ihr Vater Artemio Vallejos Mella, ein chilenischer Flüchtling des Pinochet-Regimes, ihr die Bedeutung der Herkunft oder auch der Geschichte von Dingen klar gemacht. Er hatte ein Faible für solche Fun-Fakts, auch wenn er selbst dieses Wort noch nie benutzt hatte. Konträr zu den unzähligen Anglizismen, die in der deutschen Gesellschaft kursieren, war sein Wortschatz eher romanisch oder gar chilenisch geprägt. So bezeichnete er sich selbst zum Beispiel als "cosista", also als jemanden, der zwar nur wenige materielle Dinge besitzt, aber sehr an diesen hängt und ihnen eine besondere Bedeutung zumisst. Und wie könnte man eine solche Bedeutung besser verpacken als in einer Geschichte?

Die Geschichte des verlorenen Weins war eine seiner Lieblingsgeschichten, die Artemio Vallejos Mella bei jeder sich bietenden Gelegenheit zum Besten gab. Und die Gelegenheit ergab sich jedes Mal, wenn im Hause Vallejos Mella eine Flasche Carménère geöffnet wurde.

11

Der Carménère ist eine sehr alte und ursprünglich französische Weinrebe, welche ihren Weg Mitte des 19. Jahrhunderts bis nach Chile fand. Wie es der Zufall so will, wurde nur wenige Jahre später der gesamte Carménère-Bestand Europas vollständig durch Schädlingsbefall zerstört. Diese Katastrophe sollte später als Reblausplage in die europäische Weingeschichte eingehen. Indes begann die verzweifelte Suche nach den südamerikanischen Überlebenden der Rebe, doch vergebens. Der Carménère war in Chile in Mischkultur mit der ihm zum Verwechseln ähnelnden Merlot-Rebe angebaut worden und wurde nun für ebendiese gehalten. Er schien endgültig verloren. Gleichzeitig konnte sich keiner den außerordentlichen Geschmack des chilenischen Merlots erklären...

Erst neunzehnhundertvierundneunzig, ein Jahr nach Lucianas Geburt, konnte ein französischer Rebenkundler mittels DNA-Analyse den Carménère und den Merlot in Chile voneinander unterscheiden und der verlorene Wein ward gefunden.

»Der verlorene Wein, wie hieß er noch mal? Ich habe ihn so oft in meinem Urlaub dort unten getrunken.«

Herr Eriksson ließ nicht locker.

»Carménère«, half Luciana dem Patienten weiter, »und ja, ich kenne die Geschichte«.

»Ah der Carménère, richtig. Einfach fantastisch...«

In diesem Moment betrat Frau Eriksson den Raum und sah sich in Zimmer sechs um.

»Mein Liebling, wie schön, dass du hier bist«, wurde sie

12

von ihrem Mann begrüßt. »Sieh nur, dies hier ist Frau Vallejos, meine chilenische Ärztin.«

Luciana sah über die etwas seltsame Vorstellung hinweg und begrüßte Frau Eriksson mit einem freundlichen Nicken.

»Dann lasse ich Sie mal mit Ihrem Besuch allein«, nutzte sie die Gelegenheit, um sich aus Zimmer sechs zu schleichen. Sie hatte noch einiges zu tun.

Seit circa einem halben Jahr arbeitete Luciana nun schon als Assistenzärztin in der Klinik für Neurologie am **B**latikmünder **Un**iversitäts**k**linikum, liebevoll auch "BUnK" oder – etwas weniger liebevoll, dafür jedoch treffender – "Bunker" genannt. Sie hatte sich nach einer Reihe an Bewerbungen für den Bunker entschieden, da er trotz der beachtlichen Größe von insgesamt fünfzehntausend Betten ein familiäres Miteinander ausstrahlte. Dass diese Familie eher dysfunktional war, würde sie erst im Verlauf einsehen.

Luciana überflog mit geübtem Blick ihr Klemmbrett. Sie hatte noch zwei Lumbalpunktionen[1], eine Neuaufnahme und mehrere Angehörigengespräche zu erledigen. Außerdem wartete sie noch auf die Durchführung einiger Konsile, also Beurteilungen und Beratungen durch Ärztinnen anderer Fachrichtungen, die sie für ihre Schäfchen angefordert hatte.

---

[1] Lumbalpunktion: Untersuchung, bei der mit einer Kanüle in den unteren Bereich der Wirbelsäule gestochen wird, um Nervenwasser zu erhalten.

13

Insgesamt war sie für elf Patientinnen zuständig, und wenn sie mit ihren Freundinnen aus der Studienzeit sprach, war das im Vergleich relativ wenig. Auch dies war einer der Gründe, warum sie sich für genau diese Stelle als Berufsstart entschieden hatte.

Nachdem sie das Standardprogramm für Neuaufnahmen (ein eher knappes Aufnahmegespräch, ausführliche körperliche Untersuchung und Blutentnahme) mit Herrn Leipold aus Zimmer drei durch hatte, war sie sich ziemlich sicher, dass er an vasovagalen Synkopen litt. Er zeigte die klassischen Symptome mit Schwarz vor den Augen werden und kurzer Bewusstlosigkeit, häufig nach dem Aufstehen. Normalerweise hätte sie nun einen Medizinstudenten im praktischen Jahr, einen so genannten PJler, darum gebeten, einen Schellong-Test[1] durchzuführen, doch leider gab es aktuell keine PJler. Sie beschloss, den Test auf morgen zu verschieben, die Lumbalpunktionen gingen eindeutig vor.

»Na, Frau Vallejos? Wie ist die Lage?«

Luciana wurde aus ihrer strategischen Planung gerissen und sah den Chef auf sich zu kommen. Seine eisblauen Augen fixierten eine Stelle knapp links an Lucianas Ohr vorbei. Sie schluckte. Aus unerfindlichen Gründen machte seine Anwesenheit sie noch immer

---

[1] Test zur Untersuchung der Kreislauffunktionen. Hierbei wird in engen Zeitabständen Blutdruck und Herzfrequenz zunächst im Liegen und direkt nach dem schnellen Aufstehen gemessen.

14

nervös.

»Ganz gut soweit, schätze ich«, antwortete sie, »ich war eben bei unserem neuen Privatpatienten Herrn Leipold.«

Lucianas dunkelbraune Augen suchten den Kontakt zu ihrem Chef, doch der starrte weiter an ihr vorbei. Daran würde sie sich wohl nie gewöhnen können. In der Assistentinnenschaft munkelte man, er sei Autist.

»Ah ja, sehr gut, dann gehen wir doch gleich zu ihm.«

Flotten Ganges marschierte ihr Chef los, während Luciana angestrengt versuchte, sowohl mit ihm Schritt zu halten als auch seinen Weg zum richtigen Zimmer zu lenken.

»Zimmer drei«, erklärte sie und hob zu einer kurzen Patientenvorstellung an, als der Chef sie, die Hand bereits auf der Türklinke, unterbrach:

»Also der Mann ist ganz klar verrückt. Der hat nichts. Aber er ist überzeugt davon, dass es epileptische Anfälle sind. Also machen wir eine Epilepsieabklärung mit allem Drum und Dran: Drei Tage Video EEG[1], Magnetresonanztomographie und so weiter. Da wird nichts bei rauskommen. Und dann nennen wir es Ausschluss epileptogenes Geschehen.«

Der Chef hielt kurz inne und fügte dann nachdenklich hinzu:

»Ich weiß gar nicht mehr genau, warum er hier ist. Seine Frau ist, glaube ich, irgendwas Wichtiges. Vielleicht von der Presse? Na gut, egal, dann sagen wir ihm mal

---

[1] Video-Elektroenzephalographie: kontinuierliche Messung der Hirnstromkurven zeitgleich mit videographischer Aufnahme der Patient*innen.

15

Hallo.«

Er drückte die Türklinke herunter und nacheinander traten sie ein.

2. Die Geschichte der richtigen Denkhaltung

Luciana Vallejos Mella war froh. Endlich hatte der Bunker es geschafft, PJler einzustellen. Wobei "*einstellen*" vermutlich das falsche Wort war, immerhin wurden die Studierenden weder bezahlt, noch hatten sie Urlaubsanspruch oder die Möglichkeit, sich krank zu melden.

Sie selbst erinnerte sich noch gut an ihre Zeit im praktischen Jahr. Der trockene Teil des Humanmedizinstudiums war geschafft gewesen: Zehn Semester lang auswendig lernen, aus fünf Antwortmöglichkeiten die richtige ankreuzen und ab und zu Übungen mit allerlei Selbstversuchen... all das hatte endlich hinter ihr gelegen.

Stattdessen ging es ans Eingemachte: Echte Patientinnen. Ein Jahr lang Praktikum; Vollzeit in der Klinik; unbezahlt. Na gut, bei den meisten gab es das Mittagessen umsonst. Und natürlich hatte Luciana sich vorab schlau gemacht und Kliniken mit einer so genannten Aufwandsentschädigung für ihr praktisches Jahr ausgewählt. So hatte sie immerhin circa vierhundert Euro im Monat für ihre Arbeit bekommen.

Und Arbeit gab es zu genüge: Blutentnahmen, Anlage von Venenverweilkanülen, jede Menge verschiedener nicht-invasiver diagnostischer Tests und alles was den Ärztinnen sonst noch so an Aufgaben einfiel.

Wer hätte gedacht, dass Luciana nun selbst einen PJler zur Hand haben würde? Sie war richtig aufgeregt. Der PJler hieß Lars Roge.

Luciana war es wichtig, dass sie seinen Namen kannte und benutzte, um ein Zeichen zu setzen und sich von ihren Kolleginnen abzuheben.

PJler hatten nämlich eigentlich keine Namen. Das hatte Luciana in ihrem eigenen praktischen Jahr sehr früh gelernt. Zwar hatte sie sich, höflich wie sie war, mehrmals namentlich vorgestellt, aber die wenigsten kümmerte es, wie sie hieß. Geschweige denn, dass sie sich die Mühe machten, sich ihren Namen zu merken. Für die meisten war Luciana einfach nur ein weiteres unbezahltes namenloses Rädchen im großen Getriebe der Klinik gewesen.

Gängige Umschreibungen für Studierende im praktischen Jahr waren "der Student", "der angehende Kollege", "der PJler" oder "der Studiosus". Einmal hatte Luciana zu ihrer PJ-Zeit beim Mittagessen neben einem Kommilitonen gesessen, als dessen Diensttelefon klingelte. Er hatte sich folgendermaßen gemeldet:

»PJler, Chirurgie.«

Das war für Luciana der Inbegriff von "sich seinem Schicksal ergeben" gewesen.

Nein, dachte sie bei sich, mein PJler hat einen Namen. Er heißt Lars Roge.

Lars Roge war ein aufgeweckter, energiegeladener und selbstbewusster Student mit blonden Haaren, grünen Augen und buschigen Augenbrauen. Die untere Hälfte seines Gesichts war vom Mundnasenschutz bedeckt, so dass Lucinas Gehirn sein Gesicht automatisch zu der für sie ansehnlichsten Version ergänzte. Diese Marotte hatte Luciana schon früh an sich festgestellt und hatte dementsprechende Coping-Strategien entwickeln müssen. Es war nämlich eine empirische Feststellung, dass wenn ihr Gehirn sich erst einmal für eine Version entschieden hatte - was meist innerhalb von dreißig bis sechzig Minuten der Fall war - sie jedes Mal herbe Enttäuschung überfiel, wenn die Person schließlich ihre Maske abnahm und ihr "wahres Gesicht" offenbarte. Lucianas ausgedachte Vision war einfach immer besser als das Original.

Luciana Vallejos Mella machte einen Schritt auf Lars Roge zu. Er war etwa gleich groß wie sie, also circa ein Meter siebzig und trug – wie alle im ärztlichen Dienst – eine weiße Hose, die leicht durchsichtig war sowie ein weißes Poloshirt, ebenfalls durchscheinend.

Er stellte sich vor und murmelte etwas davon, dass die Dienstkleidung ja eher unvorteilhaft sei, vor allem für Leute, die dunkle Unterwäsche trugen. Luciana teilte diese Meinung und reichte ihm zur Begrüßung einen ihrer Kittel, mit dem er sich etwas bedecken konnte, sowie eine Tasse Kaffee. Lars nahm beides dankend entgegen und schlüpfte eilig in den Kittel. Als er zum Trinken seinen Mundschutz abnahm, entblößte er eine leicht schräg verlaufende Nase und ein glatt rasiertes, markantes Kinn.

Aha, dachte Luciana zufrieden, der gute alte Trinktrick funktionierte also nach wie vor.

Während Lars den brühend heißen Kaffee schlürfte, sprangen Lucianas Gedanken – angekurbelt von dem köstlichen Kaffeeduft - zu dem Problem der durchsichtigen Dienstkleidung zurück. Was hatte der Bunker sich dabei nur gedacht? Wer war verantwortlich für dieses Malheur? Gleich zu Beginn ihrer Anstellung hatte sie sich auf Grund dieser Fehlentscheidung mehrere hautfarbene Unterhemden und Unterhosen kaufen müssen, damit sie sich nicht gar so entblößt fühlte. Nur allzu gerne würde Luciana der verantwortlichen Person die Rechnung zusenden. Schließlich wäre sie sonst nie auf die Idee gekommen, sich hautfarbene Unterwäsche zu erstehen.

"Hautfarben", dachte sie und ertappte sich dabei, mal wieder darüber zu sinnieren, dass "Hautfarbe" eigentlich ein klassisches Unwort sein sollte. Welche Farbe hat Haut denn? Das ist ja wohl ein ziemlich breites Spektrum von weiß über beige, braun bis hin zu schwarz. Ihren eigenen Teint schätzte sie in etwa bei mittelbraun ein. Trotzdem wurde unter hautfarben meist ein helles Rosa verstanden. Entweder müsste Hautfarbe ein Überbegriff für alle Farben des Hautspektrums sein oder der Begriff müsste ganz abgeschafft werden, schlussfolgerte sie. Es gab ja auch keinen Buntstift mit "Augenfarbe".

Nach ein paar Einarbeitungstagen mit Lars lief die gemeinsame Visite wie geschmiert. Luciana sprach mit den Patientinnen und untersuchte diese, während Lars an dem mit einem Laptop ausgestatteten Visitenwagen die Runde dokumentierte.

Dokumentation war bekanntlich das A und O einer jeden Ärztin. Was nicht dokumentiert wurde, war nicht geschehen. Deswegen überprüfte Luciana zu Beginn auch sehr gewissenhaft, was Lars Roge da so Schönes tippte.

20

Das Ganze wurde immerhin in ihrem Namen für die Nachwelt verewigt.

Doch wie gesagt: Es lief wie geschmiert. Bei einem der Doppelzimmer, Zimmer acht, tauschten sie die Rollen: Lars untersuchte und Luciana dokumentierte. Sie hatte Lars gleich zu Beginn seines Praktikums zwei "*eigene Patientinnen*" zugeteilt, damit er sich für sein späteres Leben als Arzt besser gewappnet fühlte. Selbstverständlich wurde jede seiner Handlungen und Entscheidungen von ihr supervidiert[1].

Bald schon wurden Lars und Luciana zum Dream-Team auf Station 5B und Luciana hoffte ehrlich, dass nicht nur sie das so empfand. Es gab lediglich ein einziges Problem: Den sehr begrenzten Raum im Arztzimmer. Da es keinen vorgesehenen Platz für PJler gab, hatten sie provisorisch zusätzlich zu Lucianas Drehstuhl und dem Oberarztstuhl, der immer frei bleiben musste, falls ein Oberarzt das Zimmer betrat, einen weiteren Stuhl an Lucianas Schreibtisch gestellt. Tatsächlich stand auch noch ein alter Rechner mit Monitor im Arztzimmer rum, so dass sich fast ein echter Arbeitsplatz für Lars ergab. Nur eben sehr beengt.

Die Arztbriefe seiner zwei Patientinnen bearbeitete Lars nach bestem Wissen und Gewissen, allerdings konnte er anscheinend nur tippen, wenn er gleichzeitig laut vorlas, was er schrieb.

»Die Patientin wurde mit starken Kopfschmerzen aufgenommen. In der Computertomographie sahen wir...

---

[1] Supervidieren: Überwachen oder beaufsichtigen.

21

hm jetzt muss ich mir die Bildgebung doch noch mal anschauen. Der Radiologe meinte doch er hätte da was gesehen...«, faselte Lars Roge geschäftig vor sich hin.

Man kann ja seine eigenen Gedanken nicht mehr hören, dachte Luciana und machte sich eine innere Notiz, dass sie alsbald eine Strategie entwickeln musste, um dieses nervige Hintergrundgeräusch zu minimieren.

Am nächsten Tag gab Luciana Lars also mehr praktische Aufgaben, die ihn aus dem Arztzimmer locken sollten: Blutentnahmen, Anlage von Venenverweilkanülen, jede Menge verschiedener nicht-invasiver diagnostischer Tests und alles, was ihr sonst noch so einfiel.

Doch Lars war schnell. Zu schnell. Noch bevor Luciana ihre eigenen Arztbriefe abschließen konnte, saß er auch schon wieder neben ihr und plapperte vor sich hin.

Doch so schnell schmiss Luciana Vallejos Mella nicht das Handtuch ins Korn. Immerhin hatte sie sich fest vorgenommen, ihrem PJler gegenüber eine gute Ärztin zu sein.

Ubi pus, ibi evacua, dachte sie bei sich – wo Eiter ist, dort räume aus – und hatte am darauffolgenden Tag Denkaufgaben sowie kleine, eigens ausgedachte Patientenfälle für Lars vorbereitet. Diese würden ihn zwar nicht aus dem Arztzimmer holen, aber immerhin machte er beim Nachdenken kein Hintergrundgeräusch. Außerdem lernte er noch etwas dabei. Die berühmten zwei Fliegen mit einer Klappe.

So kam es, dass Lars immer öfter mit beiden Ellenbogen auf dem Schreibtisch, den Kopf in die Hände gestützt,

22

dicht neben Luciana saß und grübelte. Die hellen Augenbrauen hatte er dabei bis auf Anschlag zusammengezogen, so dass Luciana nicht umhinkam, sich zu wundern, ab welchem Alter solch eine Haltung wohl irreversible Falten erzeugte. Sie musste sich eingestehen: Sein kritischer Blick brachte sie ganz schön aus der Fassung. Schon wieder eine Ablenkung von ihrem eigentlichen Arbeitspensum.

»Was ist?«, fragte sie ihn gereizt. Ihr Ton war etwas unwirscher, als sie es vorgehabt hatte.

Erstaunt sah Lars sie an.

»Na, ich denke über deinen fiktiven Fall nach.«

Luciana atmete tief ein, wieder aus und nickte bedächtig. In diesem Moment wurde ihr klar, dass sie um der guten Zusammenarbeit und um Lars' Gesichtshaut willen, eine neue Denkhaltung für ihn finden musste.

»Sag mal... kennst du die Studie, dass Chirurgen besser operieren, wenn sie vor der Operation in der Superman-Pose stehen?«, fragte sie ihn. Lars nickte eifrig.

»Gut«, fuhr sie fort, »da gibt es jetzt eine Neue, zur Denkhaltung: Anscheinend haben Probanden Rätsel schneller und präziser gelöst, wenn sie sich beim Nachdenken zurücklehnten, ihre Hände am Hinterkopf ineinander falteten und an die Decke starrten.«

Na gut, die Studie war natürlich frei erfunden, aber das Ergebnis ließ sich auf jeden Fall sehen: Lars lehnte sich auf seinem Stuhl zurück, legte den Kopf in seine verschränkten Hände und blickte nachdenklich an die Decke. Zwischen seinen buschigen Augenbrauen war keine Furche mehr zu entdecken. Luciana lächelte beseelt.

23

Der guten Zusammenarbeit schien nichts mehr im Wege zu stehen.

3. Die Geschichte des all montäglichen Blickduells

Montagmorgen. Oberarztvisite. Privatdozent Doktor Ernst Hartmanns schwarze Anzugschuhe klapperten über den in Holzoptik gestalteten Linoleumboden des Blatikmünder Universitätsklinikums. Er mochte die Neugestaltung des fünften Stocks nicht sonderlich. Zugegeben, die Holzoptik war um einiges einladender als das triste Grau der anderen Stockwerke, doch trotzdem, irgendetwas störte ihn.

Vielleicht war es die Tatsache, dass die fünfte Etage bald ausschließlich Privatpatienten beherbergen sollte und er sich selbst überhaupt nicht in der Rolle als Privatoberarzt sah. Vielleicht lag es aber eher daran, dass er die Auffassung vertrat, dass Krankenhäuser gar nicht erst einladend aussehen sollten. Die Menschen sollten sich nicht eingeladen fühlen. Sie kamen, weil sie krank waren. Auf keinen Fall sollten sie sich allzu wohl fühlen; nicht, dass sie gar ihre Entlassung herauszögern wollten.

Privatdozent Doktor Ernst Hartmann grübelte. War es wirklich das, was ihn an der Renovierung störte? Wenn er ganz ehrlich war, war es wohl doch eher so, dass er generell keine Veränderung mochte. Er kannte den Bunker schon seit Studienzeiten, er hatte in Blatikmünde studiert und mit sechsundzwanzig Jahren als Arzt im Praktikum im Bunker angefangen. Das war nun zweiundzwanzig Jahre her.

Ernst Hartmann fühlte sich plötzlich alt. Müde dachte er an den gestrigen Abend zurück... seine älteste Tochter hatte ihm mitten im Tatort – seiner Lieblingssendung am

Sonntagabend – empört vorgeworfen, dass er überhaupt nicht "*woke*" sei. Wahrscheinlich war es ihre Reaktion auf einen seiner Kommentare zur Verweiblichung der Polizei gewesen, vielleicht hatte sie aber auch einfach so ihrem Frust Luft machen wollen. Bei pubertären Töchtern wusste man ja nie so genau.

"*Woke*". Schon wieder so ein Anglizismus. Ernst Hartmann hatte das Gefühl, mit der Sprachentwicklung gar nicht mehr hinterher zu kommen. Wäre "*woke*" ein medizinischer Begriff, dann käme er ganz sicher auf seine Unwort-Liste, die er allen neuen Kollegen frühestmöglich in die Hand drückte, damit er keine unnötige Zeit bei der Briefkorrektur verbrauchte.

Die deutsche Sprache hat doch so viel zu bieten, dachte er. Deutschland war immerhin das Land der Dichter und Denker! Denker, wie ihm. Musste man für neue Begriffe wirklich auf eine so plumpe Sprache wie Englisch ausweichen? Und musste er, als gestandener Mann, Akademiker mit Frau und zwei Kindern überhaupt "*woke*" sein? Wollte er überhaupt "*woke*" sein? Seine Älteste verlangte vielleicht einfach zu viel von ihrem Vater.

Privatdozent Doktor Ernst Hartmann bog um die Ecke und steuerte auf den Stationsstützpunkt von Station 5B zu. Seiner Station. Die neue Assistenzärztin stand schon am Visitenwagen und fuhr den Laptop hoch. Sie war mit ihrem dunklen Teint, der im krassen Kontrast zu dem weißen Arztkittel stand, und dem gefühlt meterhohen dunkelbraunen Haarknoten, der sich auf ihrem Kopf türmte, unschwer zu erkennen. Neben ihr stand ihr neuer

26

Schatten: Der Studiosus.

Im Vergleich zu ihrem Schatten war Luciana gar nicht mehr so neu hier, schoss es Ernst Hartmann durch den Kopf. Gleichzeitig wusste er, dass dies bedeutete, dass sie vermutlich bald auf eine andere Station rotieren würde.

Es war immer das gleiche Spiel: Die Berufsanfänger kamen zu ihm auf Station 5B. Mit strenger aber fairer Hand bildete er sie nach seinem Gutdünken aus, das klappte mal mehr und mal weniger gut.

Viele kündigten bereits in den ersten Wochen auf Station wieder. Es war einfach nicht jeder aus dem richtigen Ärzte-Holz geschnitzt. Die, die blieben, belehrte er aufopferungsvoll weiter. Und dann, wenn seine mühselige Arbeit langsam Früchte trug, wurden die Neulinge auf eine andere Station versetzt. Meistens auf die Schlaganfallstation beziehungsweise – um der Sprachentwicklung nicht hinterherzuhinken – die Stroke-Unit. Ernst Hartmann fühlte sich bei diesen Gedanken sehr müde.

Zumindest, dachte er, hatte seine Arbeit bei Luciana sehr früh Früchte getragen. Sie hatte eine außerordentlich schnelle Auffassungsgabe, das hatte er gleich gemerkt. Und sie war eine der wenigen Assistenzärztinnen, mit denen er die Zusammenarbeit fast ein bisschen genoss. Er ertappte sich dabei, sie anzulächeln.

»Guten Morgen«, grüßte er, »dann wollen wir mal.«

Die Oberarztvisite verlief wie jeden Montag etwas chaotisch. Zu seiner Zeit hätte es so etwas nicht gegeben. Natürlich gab es meist einige unbekannte Neuaufnahmen vom Wochenende, aber in die konnte man sich ja wohl einarbeiten bevor er kam. Immer häufiger, so stellte er erstaunt fest, fand die Einarbeitung erst in der Visite mit ihm zusammen direkt vor dem jeweiligen Patientenzimmer statt. Wie hatte sich diese Unart nur bei ihm einschleichen können? War er etwa weich geworden?

Gerade als er es gut sein lassen wollte und sich wieder der gemeinsamen Einarbeitung in den Fall um Frau Gönül widmete, hörte er dieses unglaublich laute, rauschend-wischende Geräusch. Konnte es etwa sein? Schon wieder? Widerwillig löste er seinen Blick vom Laptop. Doch – da war sie:

Die Bodenreinigungsmaschine.

Und auf ihr saß: Der Bodenreinigungstyp.

Surrend, schnaufend und prustend verschaffte sich die Bodenreinigungsmaschine im Zeitlupentempo ihren Weg über den Flur. Sie war groß, grau und ohrenbetäubend laut. Man konnte sie sich in etwa wie einen Aufsitz-rasenmäher vorstellen, nur dass sie nicht mähte, sondern wischte, schrubbte und saugte zugleich.

»Man kann ja seine eigenen Gedanken nicht mehr hören!«, schimpfte Privatdozent Doktor Ernst Hartmann und starrte den Lärmverursacher wutentbrannt an.

»Warum muss das denn immer zur Visitenzeit sein?«

Insgeheim vermutete er, dass der Bodenreinigungstyp ihn persönlich ärgern wollte. Ernst Hartmann ließ ihn nicht aus den Augen. Warum sahen solche Reinigungsfritzen eigentlich immer so aus, als ob sie selbst zu Hause im größten Saustall leben würden?, fragte er sich und blickte seinen Widersacher weiter herausfordernd an.

Der Mann vom Reinigungspersonal saß entspannt auf seinem Sitz. Das graue Poloshirt saß einen Tick zu eng und spannte sich gefährlich über seinen Bierbauch. Er hatte schwarze Bluetooth-Ohrstöpsel in den Ohren und hörte seine Lieblingsband: Rage against the machine.

And now you do what they told ya

But now you do what they told ya

Well now you do what they told ya!

Privatdozent Doktor Ernst Hartmann konnte es nicht fassen. Der Bodenreinigungstyp hielt direkt auf ihn zu! Was bildet der sich eigentlich ein?!, schrie es in seinem Kopf.

Privatdozent Doktor Erst Hartmann würde sicherlich nicht mit dem Visitenwagen samt Gefolge ausweichen. Er würde standhaft bleiben. Es reichte ja wohl, dass er und Luciana sich nun gegenseitig anschreien mussten, um über den Fall Gönül zu beraten. Da fiel ihm auf, dass Luciana die Schreierei nichts auszumachen schien. Im Gegenteil: Konnte er aus den Augenwinkeln heraus nicht sogar ein kleines Lächeln um ihren zierlichen Mund wahrnehmen?

Also da gab es wirklich nichts zu Lächeln, er wurde hier immerhin aktiv an seiner Arbeit gehindert. Die Oberarztvisite war definitiv wichtiger als ein gewischter Boden!

Fest entschlossen, nicht klein bei zu geben, fixierte Ernst Hartmann weiterhin stur die Augen des Bodenreinigers. Dieser schien seine Standfestigkeit jedoch nicht im Geringsten zu bemerken. Es war, als ob der Bodenreinigungstyp teilnahmslos durch ihn hindurchsah. In Zeitlupe raste die Bodenreinigungsmaschine samt Aufsitzer auf den Visitenwagen zu. Eine Kollision war unausweichlich...

4. Die Geschichte des Erngos

Luciana Vallejos Mella stand am Visitenwagen und freute sich wie ein kleines Kind. Es war schwierig, sich die Begeisterung nicht anmerken zu lassen. Sie hatte das Gefühl, dass ihr trotz aller Vorsicht ein kleines Lächeln durchgerutscht war, doch sie konnte es schnell unterdrücken.

Hoffentlich hat Ernst nichts bemerkt, dachte sie insgeheim und wagte einen kurzen Blick zu Lars. Er grinste. Streng sah sie ihn an: Er sollte sich gefälligst zusammenreißen!

Dann wandte sie ihren Blick wieder dem Spektakel zu: Privatdozent Doktor Ernst Hartmann stand am Visitenwagen und lieferte sich – wie so oft – ein Blickduell mit dem Mann vom Reinigungspersonal, der eine graue Aufsitz-Scheuersaugmaschine fuhr. Luciana liebte diese Augenblicke. Es war einfach zu gut.

Fast jeden Montag ereignete sich dieses Kräftemessen der Giganten im Rahmen der Oberarztvisite und lenkte Ernst Hartmann hoffentlich davon ab, dass sie keine Zeit gehabt hatte, sich ausführlich in alle Neuaufnahmen vom Wochenende einzuarbeiten.

Heute freute Luciana sich jedoch besonders, da genau heute der erste Tag ihres kleinen Schabernacks war. Sie hatte sich in größter Fleißarbeit über das Wochenende ein Spiel für Lars und für sich selbst ausgedacht, dass ihnen den Krankenhausalltag versüßen würde: Sie nannte es "*Erngo*" - eine Mischung aus "*Ernst*" und "*Bingo*". Und dies war also der erste, wirklich äußerst versüßte Moment.

Erngo bestand aus vier mal vier Feldern mit typischen Ernst'schen Aussagen – oder "Dixits", wie die Ärztin sagen würde – sowie typischen Verhaltensweisen. Darunter zu finden waren Klassiker wie zum Beispiel:
- »Denk doch mal nach!«
- »Du machst das alles falsch!«
- »Dann rufst du da mal an.«
- »Habe ich schon gesagt, was ich gedacht habe?«
und natürlich
- »Grenzwerte sind dafür da, um eingehalten zu werden.«

Zu den typischen Ernst'schen Verhaltensweisen zählten:
- Ist so sehr auf ein seltenes neurologisches Syndrom fixiert, dass er meint, es bei jeder Patientin zu entdecken
- Blättert beim Arztbrief direkt zur letzten Seite, damit er sehen kann, wer unterschrieben hat
- Fügt ein weiteres Wort zu seiner Unwort-Liste hinzu
und natürlich
- Liefert sich ein Blickduell mit dem Reinigungspersonal.

Die insgesamt sechzehn Felder hatte Luciana in unterschiedlicher Anordnung einmal für Lars und einmal für sich selbst in gerade noch so lesbarer Miniaturform

32

ausgedruckt. Sie wollte schließlich nicht erwischt werden.

Wer zuerst vier Felder in einer Reihe (horizontal, vertikal oder diagonal) abhaken konnte, gewann und würde ein Heißgetränk seiner Wahl vom Verlierer spendiert bekommen. So hatten sie es heute früh, kurz vor der Visite, besprochen; nicht ohne sich gegenseitig zur Verschwiegenheit zu verpflichten. Und nun konnten sie beide ihr erstes Feld abhaken.

Erngo hatte begonnen. Möge die Bessere gewinnen, dachte Luciana bei sich, öffnete die Zimmertür von Frau Gönül und schob mit geübtem Griff den Visitenwagen samt Gefolge ganz knapp vor einer Kollision mit der Scheuersaugmaschine ins Zimmer. Es versprach, eine gute Woche zu werden.

5. Die Geschichte der zweisekündigen Verwirrtheit

Freitag. Nachmittagsvisite. Privatdozent Doktor Ernst Hartmann betrat das Arztzimmer gegen vierzehn Uhr. Luciana schien gerade mit einem der Neuroradiologen zu telefonieren. Als sie Ernst Hartmann entdeckte, beendete sie eilig das Gespräch und legte den Hörer auf. Dicht neben ihr saß ihr Schatten und blickte an die Decke, den Hinterkopf in seine gefalteten Hände gestützt.

Was soll denn bitte die legere Haltung?, wunderte sich Privatdozent Doktor Ernst Hartmann kopfschüttelnd und setzte sich auf den dritten Stuhl im Zimmer, der auf wundersame Weise immer für ihn frei war. Im Gegensatz zur Oberarztvisite, die jeden Montag und Donnerstag stattfand, gehörten diese Besprechungen zu seinem täglich Brot. Ziel war es, sich die auf der Station 5B neu aufgenommen Patienten von Luciana kurz vorzustellen zu lassen und anschließend zu visitieren.

Dieses Mal sollte der Student – wie hieß er noch gleich? - eine der Neuaufnahmen vorstellen.

»Frau Mühlheim, 67 Jahre, kommt von zu Hause über die Stroke-Unit auf unsere Station mit einer TIA«, begann der PJler die Vorstellung.

»Aha«, unterbrach Ernst Hartmann ihn, »und wofür steht TIA?«

»Transitorisch ischämische Attacke«, antwortete der Student wie aus der Pistole geschossen.

Ernst Hartmann nickte bedächtig und kramte in seinem

34

Gedächtnis nach dem Namen des angehenden Kollegen. Er erinnerte sich vage an ihre erste Begegnung und die unangenehme Begrüßung. Unangenehm deshalb, weil es die neue Devise des Bunkers war, auf das Händeschütteln zu verzichten, und beide nicht wussten, wie sie sich stattdessen vorstellen sollten. Der peinliche Moment, wie sie sich mit halb erhobenen Händen gegenüberstanden, nur um sie dann unverrichteter Dinge wieder sinken zu lassen, trat deutlich vor sein inneres Auge. Ernst Hartmann schluckte schwer.

Aber wie war noch mal sein Name?

Egal, wollen wir doch erst mal sehen, ob der Student die neurologischen Grundlagen beherrscht, dachte Privatdozent Doktor Ernst Hartmann grimmig und fuhr fort:

»In Ordnung. Und jetzt erklärt mir der Studiosus mal, wie eine TIA definiert ist.«

»Eine TIA ist wie ein Schlaganfall, nur dass die Symptome wieder weg gehen... und zwar innerhalb von vierundzwanzig Stunden.«

Ernst Hartmann seufzte aus tiefstem Herzen. Warum musste Lehre denn bitteschön so anstrengend sein?

»Schlaganfall ist ein Unwort. Es heißt Hirninfarkt. Oder Hirnblutung; je nach dem, was zutrifft. Habe ich dir meine Unwort-Liste noch nicht zukommen lassen?«, fragte er um einen neutralen Ton bemüht.

»Nein, Doktor Hartmann«, antwortete der Student brav und fügte – etwas weniger brav – hinzu: »Aber ansonsten hat doch alles gestimmt, oder? Es ist eine Minderdurchblutung des Gehirns, die die gleichen

Symptome wie ein Schlag... äh Hirninfarkt haben kann, nur dass die Symptome von alleine innerhalb eines Tages wieder vollständig weg sind. Und das Risiko für einen echten Hirninfarkt ist in den ersten Tagen nach einer TIA erhöht, deswegen haben wir Frau Mühlheim auch auf die Stroke aufgenommen und die gesamte Schlaganfall-abklärung gemacht, es fehlt nur noch das Langzeit-EKG.«

»Die gesamte Hirninfarktabklärung«, korrigierte Ernst Hartmann streng.

»Genau die«, nickte der Studiosus.

»Gut. Aber von vorne: Was waren die Symptome?«

Es folgte eifriges Blättern in einem unordentlichen Papierstapel auf dem Schreibtisch.

»Äh...richtig«, eilig zog der PJler das mit seiner krakeligen Handschrift überfüllte Papier aus dem Stapel hervor.

»Verwirrung. Sie war verwirrt.«

Privatdozent Doktor Ernst Hartmann spürte, wie ihm seine Geduld zwischen den Fingern zerrann.

»Verwirrung. Schön. Und weiter? Wo war sie verwirrt? Wie hat sich die Verwirrung geäußert?«, er führte eine ungeduldig kreisende Bewegung mit seinem rechten Handgelenk aus und sah den PJler – vielleicht Lasse? – auffordernd an.

»Ach so... ja, also sie war wohl gerade auf der Heimfahrt. Sie hatte ihre Tochter besucht und ist mit dem Auto nach Hause. Da fährt sie ein kleines Stück über die Autobahn. Plötzlich war sie verwirrt und hat vergessen, die richtige Ausfahrt zu nehmen. Das sei ihr zuvor noch nie passiert.«

Der Student sah hoffnungsvoll von seinem

36

Schmierpapier zu Ernst Hartmann auf.

»Wie?«, fragte dieser skeptisch, »das war's? Keine Aphasie, keine Parese, keine Dysästhesien? Einfach nur Verwirrtheit?«

»Genau, keine Sprachstörung, keine Muskelschwäche, keine Missempfindungen. Einfach nur Verwirrtheit«, übersetzte der junge Kollege.

Der hält sich wohl für besonders gewitzt, dachte Ernst Hartmann und legte die Stirn in Falten.

»Gibt es vielleicht eine Fremdanamnese[1]? War noch jemand anderes im Auto?«, fragte er und bekam ein Kopfschütteln zur Antwort.

Die Sache passt doch vorne und hinten nicht, überlegte Privatdozent Doktor Ernst Hartmann. Alles Humbug! Seit wann nahmen sie Patienten mit Verwirrtheit als TIA auf? Andererseits war die meiste Diagnostik ja schon gelaufen. Insofern musste er sich der vermeintlichen Diagnose wohl fügen. Es war ärgerlich, dass am Ende sein Name unter dem unschönen Brief stehen würde. Er musste unbedingt eine Möglichkeit finden, dem Ganzen noch eine gewisse Plausibilität zu verleihen.

»Wie lange war sie denn verwirrt?«, wollte er wissen.

»Das hab' ich sie auch gefragt!«, rief der Student freudig und schien seinen Notizzettel zu überfliegen, »zwei Sekunden!«

---

[1] Anamnese: Systematische Befragung der Patient*innen zur Eruierung des Gesundheitszustandes.
Fremdanamnese: Befragung der Angehörigen zum Gesundheitszustand der Patient*innen.

»Zwei Sekunden?«, wiederholte Privatdozent Doktor Ernst Hartmann ungläubig. Das musste ein Witz sein.

»Zwei Sekunden«, bestätigte der PJler mit einem kräftigen Nicken.

Nun war es an Ernst Hartmann, verwirrt zu sein. Für zwei Sekunden. Dann wich die Verwirrung der Verzweiflung, gepaart mit einem ordentlichen Schuss Wut.

»Du machst das alles falsch!«, brüllte er und sah gleichzeitig ein, dass er zu einem weitaus größeren Teil aus Ärger, als aus echter Überzeugung heraus, schrie.

»Erngo!«, rief Luciana triumphierend.

»Bitte was?« Ernst Hartmann sah sie verwundert an und fühlte sich unsanft aus dem Konzept gebracht.

»Ach, ist nicht so wichtig. Es wäre Müsli, das zu erklären«, grinste Luciana.

Hatte sie gerade Müsli gesagt? Die Verwirrung machte sich erneut in Privatdozent Doktor Ernst Hartmann breit. Für ganze zwei Sekunden gestattete er sich diesen Ausnahmezustand.

Es hilft ja nichts, dachte er anschließend und versuchte seine Verwirrung mit einem energischen Kopfschütteln abzuwerfen. Es wurde Zeit, dass er die Kontrolle über die Situation wieder zurückerlangte.

Er seufzte hörbar und fuhr schließlich ohne weitere Zwischenfälle mit der Nachmittagsvisite fort.

6. Die Geschichte der heiligen Kombinationen

Es hatte tatsächlich nicht einmal zwei Wochen gedauert bis Luciana vier in einer Reihe hatte. Lächelnd dachte sie an den Moment ihres Sieges zurück. Im Nachhinein betrachtet hätte es gar nicht besser laufen können:

Nicht nur hatte sie ihr eigens erfundenes Spiel *Erngo* gewonnen, nein, sie hatte mit ihrem enthusiastischen Ausruf auch Lars vor einem von Ernst Hartmanns berüchtigten Wutanfällen retten können. Schon wieder die berühmten zwei Fliegen. Manchmal fühlte sie sich wie eine kleine Effizienzmaschine.

Äußerst zufrieden mit sich selbst lehnte sie sich in ihrem Stuhl zurück und genehmigte sich eine kleine Pause in der richtigen Denkhaltung. Sie atmete tief durch und genoss die Stille.

Lars war gerade unterwegs, um ihr ihr gewünschtes Siegerinnen-Heißgetränk zu besorgen: Chai Latte.

Wettschulden sind schließlich Ehrenschulden, dachte Luciana gelassen und hatte für kurze Zeit das Gefühl, dass diese Sitzposition tatsächlich ihre Gedankengänge anregte. Denn irgendwie gelang es ihr genau in diesem Moment, einen Schritt weiter zu kommen in einer gewissen Fragestellung, die sie zurzeit beschäftigte: Warum hatten die beiden Kolleginnen vor ihr wohl schon nach drei Monaten im Bunker wieder gekündigt?

Luciana wusste nicht viel über ihre Vorgängerinnen, da diese bereits vor ihrer eigenen Einstellung wieder abgedankt hatten. Aber sie hatte Geschichten gehört, dass beide nicht sonderlich gut mit Ernst Hartmann ausgekommen waren und er maßgeblich Schuld an der Doppelkündigung habe.

Gut, Ernst war tatsächlich nicht der sympathischste Vorgesetzte: Er war streng, äußerst fordernd, teilweise cholerisch und seine endlosen handschriftlichen Arztbriefkorrekturen in violetter Tinte trieben Luciana fast in den Wahnsinn... und dennoch: Auf irgendeiner Ebene verstanden sie sich.

Und diese Ebene war nichts anderes als die Einsicht, dass man im Bunker nur mit einem gewissen Maß an Humor überleben konnte. Das wurde Luciana, wie sie da in der vermeintlich optimalen Denkhaltung an die Decke starrte, auf einmal klar. Privatdozent Doktor Ernst Hartmann hatte zwischen den vielen Seufzern und Wutanfällen tatsächlich einen Sinn für Humor. Nicht in dem Maße, dass er Witze riss oder Scherze trieb. Nein so war es wohl nicht, grübelte Luciana; doch immerhin dergestalt ausgeprägt, dass sich über die Humor-Schiene sein Ernst etwas mildern ließ. Luciana kicherte leise angesichts ihres kleinen Wortspiels.

In diesem Moment betrat Lars, zwei Pappbecher in der linken Hand balancierend, das Arztzimmer.

»Es gab keinen Chai Latte mehr«, sagte er entschuldigend und stellte ihr den graubraunen Pappbecher, auf dem ein schwarzer Plastikdeckel saß, hin.

»Da du ja keinen Kaffee trinkst, habe ich dir jetzt eine heiße Schokolade mitgebracht. Ich hoffe, das ist okay.«

40

Lars sah Luciana fragend an.

Sie nickte, auch wenn sie der Aussage nicht vollkommen zustimmte. Luciana trank nämlich sehr wohl Kaffee. Mit Milch und ohne Zucker nahm sie ihn normalerweise zu sich. Allerdings nur, zu den richtigen Gelegenheiten: Nämlich, wenn es Kuchen dazu gab.

Kaffee und Kuchen. Das war eine heilige Kombination, die nicht getrennt werden sollte. Ebenso wie Spinat und Muskatnuss, Schmerzmittel und Magenschutz oder auch dieser Pappbecher und sein schwarzer Plastikdeckel. Manche Dinge gehören einfach zusammen, fand Luciana und wünschte sich ein Stück Zwetschgenstreuselkuchen herbei, ihre Lieblingssorte.

Na gut, dann eben heiße Schokolade, dachte sie resigniert und hob den Pappbecher an ihre Lippen. Da geschah es:

Der schwarze Plastikdeckel löste sich vom Becher und ein riesiger Schwall brennend heiße, braune Flüssigkeit ergoss sich über Lucianas bis dahin weißen Schoß. Sie verfiel in eine Art motorische Schockstarre und konnte nur noch denken: Das passiert also, wenn man heilige Kombinationen trennt!

In genau diesem Augenblick öffnete sich die Tür des Arztzimmers erneut und der Chef trat ein. Ohne eine Miene zu verziehen sah er sich um. Sein Blick fiel auf Lucianas braun-gefärbten Schoß und blieb anschließen an dem inzwischen leeren Becher in ihrer Hand haften.

»Sind sie bereit für die Chefvisite, Frau Vallejos?« fragte er neutral.

Ungläubig starrte Luciana den Chef an, welcher noch

41

immer den Pappbecher in ihrer Hand fixierte.

»Ich denke, ich bräuchte noch einen Moment um mich umzuziehen«, sagte Luciana und versuchte sich aus ihrer Schockstarre zu lösen. So mussten sich Patientinnen mit flexibilitas cerea[1] fühlen, schoss es ihr durch den Kopf.

»In Ordnung, dann komme ich später wieder«, beschloss der Chef und blieb etwas unschlüssig im Arztzimmer stehen.

»Noch was, Frau Vallejos: Sie sind ja jetzt gut ein halbes Jahr hier und ich wollte Ihnen nur einmal rückmelden: Sie wirken sehr kompetent.«

Mit diesen Worten machte er auf dem Absatz kehrt und trat aus dem Arztzimmer.

Luciana schüttelte ungläubig den Kopf und musste grinsen. Auch Lars konnte sich ein kleines Lachen angesichts der skurrilen Situation nicht verkneifen. Der Chef hatte anscheinend nicht das noch so kleine Fünkchen Humor in sich, aber immerhin: Es war das erste Kompliment gewesen, das Luciana seitens ihrer Vorgesetzten im Bunker bekommen hatte, also ein Grund zur Freude. Ihr Grinsen wurde noch ein Ticken breiter, bis der dunkelbraune Kakaofleck wieder in ihr Gesichtsfeld rückte.

»Du schuldest mir einen Chai Latte«, sagte Luciana an Lars gewandt, stand auf, warf sich ihren Kittel um, den sie

---

[1] Wächserne Biegsamkeit: Erhöhte Muskelspannung meist im Rahmen einer Schizophrenie, die meist durch Außenstehende, nicht jedoch durch die betroffene Person selbst, überwunden werden kann.

ausnahmsweise vorne schloss, um ihre dreckige Hose zu verbergen, und machte sich auf den langen Weg zum Kleiderautomaten.

7. Die Geschichte der Maultasche

Es war kalt geworden. Der Winter hatte über Nacht in Blatikmünde Einzug gehalten und machte sich in den frühen Morgenstunden mit einer Eiseskälte und diesem ganz besonderen Wintergeruch bemerkbar. Luciana Vallejos Mella atmete tief ein und wunderte sich. Sie musste vergessen haben, dass sie den Winter riechen konnte.

Es war ein Samstagmorgen im November und sie war unterwegs in den Supermarkt. Eigentlich war es viel zu früh für Luciana, um am Wochenende auf den Beinen zu sein. Anscheinend hatte sie sich an das all morgendliche Weckerklingeln gewöhnt, denn obwohl es heute nicht erklungen war, war sie zur exakt gleichen Zeit aufgewacht, zu der sie auch unter der Woche aufstand.

Luciana war zu einem kleinen Raclette-Abend eingeladen worden und wollte etwas zum Büffet beisteuern. Da sie im Schwabenländle aufgewachsen war, beschloss sie ganz traditionell Maultaschen mitzubringen. Auf dem Raclette gebraten und anschließend mit Käse überbacken schmeckten sie einfach himmlisch.

Sicherlich kannte ihre Gastgeberin Friede Janssen diesen Brauch noch nicht. Sie war eine eingefleischte Norddeutsche, in Blatikmünde an der Ostsee geboren und aufgewachsen.

Generell war es ja so, überlegte Luciana während ihre Füße sie wie von allein über das Kopfsteinpflaster Richtung Supermarkt trugen, dass jede Familie ihre

44

eigenen Raclette-Traditionen hatte. Ihre Mutter, Monika Vallejos Mella, zum Beispiel vertrat vehement den Standpunkt des klassischen Raclettes: Kartoffeln und Käse. Simpel, puristisch und unglaublich lecker.

Dementsprechend groß war Lucianas Verwirrung gewesen, als sie zu Silvester zweitausendelf bei Schulfreundinnen eingeladen war. Stand da Brot auf dem Raclette-Tisch? Und Zwiebeln und Schinken, Salami, Mais, ja sogar Maultaschen? Es war ihr fast etwas dekadent vorgekommen. Doch weltoffen, wie sie war, probierte sie fröhlich diese ganz neue Variante und befand sie für äußerst schmackhaft.

Mit der Zeit hatte Luciana schon einige Raclette-Traditionen kennenlernen dürfen und sich jeweils das – in ihrer Ansicht - Beste herausgepickt. Highlights waren auf jeden Fall:

- Maultaschen, Zwiebeln und Raclettekäse
- Kartoffeln, Spargel, Schinken, Sauce Hollandaise und Raclettekäse
- Kräuterbutter, Garnelen und Raclettekäse

Und natürlich:

- Kartoffeln, Räucherlachs, schwarze Oliven und Raclettekäse.

Bei diesen exquisiten Kombinationen begann Luciana schon das Wasser im Mund zusammenzulaufen. Endlich war sie vor dem richtigen Kühlregal angekommen. Maultaschen traditionell schwäbisch. Sie griff nach der Packung, als sie aus dem Augenwinkel eine ganz ähnlich gestaltete Verpackung mit der Aufschrift "vegetarische

Maultaschen" sah.

Luciana seufzte tief. Diese Ignoranz einer der bedeutendsten kulinarischen Errungenschaften der Schwaben machte ihr wahrlich zu Schaffen. Maultaschen waren per definitionem vegetarisch. Schließlich waren sie von den Mönchen im Kloster Maulbronn zur Fastenzeit erfunden worden. Na gut, es war natürlich ein wenig gemogelt: Maultaschen enthielten selbstverständlich Fleisch. Es war nur in Teig eingewickelt, damit Gott es nicht mehr sah und die Mönche so um das Fleischfasten herumkamen. Deswegen wurden die leckeren Delikatessen im schwäbischen Volksmund auch "*Gottesbescheißerle*" genannt oder eben Maultaschen, abgeleitet vom Kloster Maulbronn.

Wenn Maultaschen also seit Jahrhunderten in Gottes Augen als vegetarisch angesehen wurden, warum sollten sie das in unseren Augen dann nicht sein?, fragte Luciana sich und packte die traditionell-schwäbischen Gottesbescheißerle in ihren Einkaufskorb.

46

8. Die Geschichte des Dankes und des Undankes

Nachmittagsvisite. Privatdozent Doktor Ernst Hartmann betrat das Arztzimmer und setzte sich zu Luciana und ihrem Schatten.

»Nun, dann wollen wir mal«, sagte er und nickte Luciana kurz zu. Diese begann mit der Patientenvorstellung:

»Frau Grach, siebenundsiebzig Jahre, kommt über die Notaufnahme mit transienten Doppelbildern zu uns. Seit gestern habe sie intermittierend Doppelbilder, wie genau diese zueinanderstehen, könne sie nicht richtig beschreiben. Eine Häufung der Doppelbilder nach Anstrengung oder am Abend habe sie nicht feststellen können. Simpson-Test[1] war negativ. Das CT[2] ergab einen altersentsprechenden Befund. Laborchemisch war auch nicht viel zu holen, lediglich ein paar leicht erhöhte Entzündungsparameter. Also alles in allem eher undurchsichtig der Fall. Unter der Annahme einer Myasthenia gravis[3] habe ich beim Labor schon mal die entsprechenden Antikörper nachgemeldet und eine elektrophysiologische Untersuchung angefordert.«

---

[1] Klinischer Funktionstest bei Myasthenia gravis. Dabei wird bei gerader Kopfhaltung für eine Minute nach oben geblickt. Der Test gilt als positiv, wenn die Augenlider während der Minute nach unten sinken.

[2] CT: Computertomographie. Bildgebung in Schichten mittels Röntgenstrahlen.

[3] Myasthenia gravis: Eine autoimmune Erkrankung, die eine Störung der Reizübertragung von Nerv zu Muskel zur Folge hat.

Privatdozent Doktor Ernst Hartmann nickte und bemerkte, wie ihn ein wenig Stolz durchströmte. Luciana hatte tatsächlich einiges bei ihm gelernt. Gut, der Fall an sich schien tatsächlich nicht ganz klar; er würde der Patientin nochmals ordentlich auf den Zahn fühlen müssen, schließlich musste es ja wohl irgendwie zu beschreiben sein, wie genau sie die Doppelbilder wahrnahm. Aber immerhin hatte Luciana eine plausible Verdachtsdiagnose geäußert und dementsprechend vorgearbeitet.

»Schön«, sagte er knapp und forderte anschließend: »Zeig mir noch Labor und Medikamente.«

Luciana öffnete mit ein paar Klicks das entsprechende Programm auf ihrem Computer und drehte den Monitor so, dass Ernst Hartmann Einsicht bekam. Mit einem prüfenden Blick überflog er die Laborwerte.

Heutzutage geht das viel schneller als früher, dachte er bei sich und empfand für einen kurzen Augenblick so etwas wie Dankbarkeit für das Programm, welches die Laborwerte außerhalb des physiologischen Grenzbereichs fett markierte. Alle anderen Werte waren somit im normalen Bereich und damit uninteressant für die Diagnosefindung. Trotzdem ließ Privatdozent Doktor Ernst Hartmann es sich nicht nehmen, die Werte selbst noch einmal zu überprüfen. Zu oft kam es vor, dass auffällige Werte von Assistenzärzten trotz der visuellen Hervorhebung unter den Tisch fallen gelassen wurden, da sie nur "ganz knapp" außerhalb des Normbereichs waren. Ein solches Verhalten war einfach nicht tolerierbar!

Wo kämen wir denn da hin?, fragte Ernst Hartmann sich

48

in solchen Situationen. Wo setzen wir dann die Grenze? Ist der Wert unter dem grenzwertigen Wert dann auch noch in Ordnung? Und der darunter? Und der darunter?

Nein, dachte Privatdozent Doktor Ernst Hartmann entschieden, Grenzwerte sind dafür da, um eingehalten zu werden! Doch das wusste Luciana eigentlich inzwischen. Und tatsächlich: Bis auf die erwähnten unspezifischen Entzündungswerte war alles im Normbereich. Auch bei den verordneten Medikamenten war nichts Besonderes dabei. Ein Blutdrucksenker sowie ein Schilddrüsenmedikament.

»In Ordnung«, sagte Ernst Hartmann, »gibt es sonst noch was?« Fragend blickte er in die kleine Runde.

»Ja«, antwortete Luciana und sah plötzlich sehr ernst aus. Etwas zögerlich hob sie an:

»Also ich wollte mich eigentlich nur bei dir bedanken, Ernst. Für die gute Zusammenarbeit.«

Ihre Augen suchten seinen Blick.

Das kann ja wohl nicht ihr Ernst sein!, schrie es in Privatdozent Doktor Ernst Hartmanns Kopf. Sie konnte doch jetzt nicht einfach kündigen! Man kündigt direkt am Anfang, wenn alle Beteiligten merken, dass da kein neurologisches oder auch generell ärztliches Gespür vorhanden ist. Aber Luciana?! Es lief doch alles gut. Rückblickend fiel ihm sogar auf, dass er in den letzten Monaten deutlich weniger hatte Schreien müssen, als bei anderen Berufsanfängern.

Undank ist tatsächlich der Welten Lohn, dachte Ernst Hartmann erbost und verspürte einen aufsteigenden Drang, die Stimme zu erheben.

49

9. Die Geschichte des einstweiligen Stationsabschieds

»Also ich wollte mich eigentlich nur bei dir bedanken, Ernst. Für die gute Zusammenarbeit.« Luciana Vallejos Mellas Augen suchten Ernst Hartmanns Blick, der sich augenblicklich verhärtete.

Warum sieht er denn auf einmal so wütend aus?, fragte Luciana sich verwundert und hoffte, dass sie sich jetzt nicht noch auf die letzten Meter einen der berüchtigten Ernst'schen Wutanfälle eingeheimst hatte. Hatte sie etwa etwas Falsches gesagt? Unsicher sah sie zu Lars herüber, der ebenso ahnungslos die Schultern hob.

»Aber es ist doch alles gut. Die Zusammenarbeit muss doch nicht aufhören!«, presste Ernst Hartmann sichtlich um Fassung bemüht hervor.

»Naja, also ich wechsele ja zu Dezember auf die Stroke-Unit, deswegen wollte ich einfach die Gelegenheit nutzen, mich bei dir für alles zu bedanken.«

Luciana sah, wie Ernst Hartmanns Züge sich instantan entspannten. Er atmete hörbar aus und es wirkte ein wenig, als wären seine Lungen ein bis ans Maximum aufgeblasener Ballon gewesen, aus dem nun kontrolliert wieder alle Luft entwich.

Hatte Ernst sich tatsächlich in Vorbereitung für seinen Wutausbruch schon mal aufgeplustert?, schoss es Luciana durch den Kopf. Unwillkürlich wurde sie an die zahlreichen Tierdokumentationen, die sie sich in ihrer Freizeit ansah, erinnert.

Luciana Vallejos Mella konnte nicht umhin, zusätzlich zur Erleichterung auch etwas Amüsement zu spüren. Sie verkniff sich ein Grinsen. Konnte es etwa sein, dass sie Privatdozent Doktor Ernst Hartmann ein bisschen ans Herz gewachsen war?

»Ach so, ja, in Ordnung. Aber die Zusammenarbeit ist deswegen ja nicht beendet. Ich mache oft genug Vertretung auf der Stroke-Unit und bin außerdem ja nachts und an den Wochenenden immer mal wieder im Hintergrund zuständig«, erklärte Ernst Hartmann sachlich. Luciana nickte zustimmend.

»Gut. Dann schauen wir uns Frau Grach mal an«, wechselte Ernst Hartmann das Thema, erhob sich von seinem Stuhl und trat auf den Flur hinaus. Luciana und Lars folgten ihm.

Ich werde die Holzoptik vermissen, konnte Luciana gerade noch denken, als sie auch schon mitten in Frau Grachs Zimmer standen.

»Moin«, grüßte diese.

Privatdozent Doktor Ernst Hartmann stellte sich kurz vor, Luciana und Lars hatte Frau Grach schon bei der Aufnahme kennen gelernt.

»Dann erzählen Sie uns doch mal, was sie herführt«, begann Ernst Hartmann die Anamnese der rüstigen Dame.

»Das habe ich doch schon mehrfach erzählt!«, entrüstete sich Frau Grach.

Luciana lächelte heimlich unter ihrem Mundnasen-schutz. Endlich schien ein Anamnesegespräch mit Ernst Hartmann genauso schwierig zu verlaufen wie zuvor mit ihr selbst. Fast immer war es nämlich der Fall, dass Luciana in der Erstanamnese mit Mühe und Not unzusammenhängende und meist unplausible Angaben aus den Patientinnen heraus kitzeln konnte, welche sie dann geduldig zu einer mehr oder weniger guten Fallvorstellung zusammenreimen musste, um sie anschließend Ernst Hartmann zu präsentieren. Dieser rollte dann für gewöhnlich, ob der Undurchsichtigkeit des Falls, genervt mit den Augen und ließ einen seiner Standardsätze vertönen wie: "Du machst das alles falsch" oder "so geht das nicht."

Bei der Oberarztvisite geschah es dann, dass eben jene Patientinnen auf magische Weise eine lehrbuchartige Geschichte konzipiert hatten, welche sie munter und ohne große Nachfragen zum Besten gaben. Und man selbst stand da, als hätte man keinerlei kommunikative Talente.

Die Bürde einer jeden Assistenzärztin, wie Luciana sich von ihren Kolleginnen hatte versichern lassen.

Nun ja, dachte Luciana hoffnungsvoll, vielleicht würde sich heute das Blatt wenden. Ein schönes Abschiedsgeschenk von Station 5B wäre es auf jeden Fall.

Ernst Hartmann hatte es in der Zwischenzeit geschafft, Frau Grach davon zu überzeugen, ihre Geschichte erneut zu erzahlen:

»Gestern habe ich angefangen, Dinge doppelt zu sehen. Ich stand in der Küche und sah plötzlich die Milchtüte zweimal. Da wurde mir ganz komisch, deshalb bin ich zu meinem Hausarzt, aber der war im Urlaub. Ich bin also zu einem anderen Arzt, einem Augenarzt glaube ich. Und der

52

meinte, das sei ein Schlaganfall und hat mich mit Blaulicht in die Klinik fahren lassen. In der Notaufnahme musste ich dann stundenlang auf einer unbequemen Liege im Flur warten, bis endlich ein Arzt kam. Die Blaulichtfahrt hätte ich mir da sparen können! Aber gut, jetzt bin ich ja hier und ich sage Ihnen: Wenn ich hier so aus dem Fenster schaue, dann sehe ich da zwei schwarze Schornsteine, aber gestern war da nur einer. Was halten Sie davon?«

Es folgte eine Weile Schweigen und es schien, als ob Ernst Hartmann seine Gedanken ordnen müsse.

»Also von vorne: Sie haben die Milchtüte doppelt gesehen. Wie lange ging das ungefähr und standen die Milchtüten dann nebeneinander oder übereinander?«

»Also das kann ich so genau nicht sagen. Auf jeden Fall waren da zwei, obwohl es nur eine war. Ich bin ja dann zum Arzt, die Milchtüte habe ich da nicht mitgenommen.«

Ernst Hartmann seufzte kaum merkbar. Luciana Vallejos Mella jedoch war so fasziniert von dem Spektakel, dass ihr nicht das kleinste Mienenspiel ihres Vorgesetzten entging.

»Der Augenarzt, was hat der für Untersuchungen gemacht?«

»Welcher Augenarzt? Ich war doch bei meinem Hausarzt«, antwortete Frau Grach.

»Der ja im Urlaub war«, fuhr Ernst Hartmann bemüht ruhig fort, »deshalb sind Sie doch dann zum Augenarzt. So haben Sie es uns eben erzählt.«

»Also ob das ein Augenarzt war, kann ich Ihnen nicht sagen. Es war einer der Ärzte in diesem hässlichen neumodischen Gebäude, ganz in der Nähe von dem Bäcker

53

mit dem leckeren Roggenbrot. Da arbeiten eine ganze Menge Ärzte. Sicherlich ist da auch ein Augenarzt dabei, aber ob ich bei dem war, kann ich nicht sagen. Der bei dem ich war, hat mir gesagt, dass ich einen Schlaganfall habe...«

»Also sie müssen doch wissen, ob das ein Augenarzt war! Die erkennt man doch: Das sind die, die in dunklen Räumen sitzen mit ganz vielen Geräten um sich herum.«

Schweigen.

Seufzen.

»Wie hieß denn der Arzt?«, wagte Ernst Hartmann einen neuen Versuch.

Luciana Vallejos Mella fand immer mehr Gefallen an dieser außergewöhnlichen Nachmittagsvisite. Sie hatte Ernst Hartmann sich noch nie so abrackern sehen und das alles nur für eine vernünftige Anamnese. Schmunzelnd musste sie an ihr eigenes Aufnahmegespräch mit Frau Grach am Vormittag zurückdenken. Es war ganz ähnlich verlaufen.

»Das weiß ich doch nicht mehr, wie der Arzt hieß«, empörte sich Frau Grach und fügte etwas barsch hinzu:

»Was ist denn nun? Habe ich jetzt einen Schlaganfall oder nicht?«

Hirninfarkt, korrigierte Luciana innerlich und ihr Lächeln verbreitete sich noch ein Stückchen mehr. Irgendwann würde Ernst noch damit anfangen, seine Unwort Liste an Patientinnen auszuteilen.

»Na, das kann ich Ihnen so noch nicht sagen. Dafür müssen Sie mich erst mal meine Arbeit machen lassen«, antwortete Ernst Hartmann streng.

54

»Na, dann machen Sie mal«, forderte Frau Grach.

»Ich versuche es ja!«, rutschte es dem Oberarzt genervt heraus. Er war sichtlich um Fassung bemüht.

Das wird ja immer besser, freute Luciana sich schelmisch. Wahrlich ein gebührender Abschied von Normalstation bevor es für sie weiter auf die Stroke ginge.

Ernst Hartmann schien von der Anamnese erst mal genug zu haben und ging zur Untersuchung über.

»Also Sie sagen, Sie sehen zwei Schornsteine?«, fragte er.

»Ja, zwei schwarze«, nickte Frau Grach.

Ernst Hartmann hielt Frau Grach ein Auge zu.

»Welcher von beiden ist jetzt weg?«, fragte er.

»Wie weg? Da sind immer noch zwei.«

Luciana empfing einen frustrierten Blick von ihrem Vorgesetzten. Er schien langsam zu verzweifeln.

»Aber man kann doch nicht mit einem Auge doppelt sehen. Das ist physikalisch nicht möglich«, stellte er fest. Doch davon ließ Frau Grach sich nicht beeindrucken.

»Ich sehe eben, was ich sehe«, konterte sie gekonnt.

In dem Moment kam Luciana Vallejos Mella ein Geistesblitz und sie beschloss, ihrem Oberarzt zu Hilfe zu eilen.

»War die zweite Milchtüte auch schwarz so wie der Schornstein, Frau Grach?«, warf sie aufgeregt ein.

»Nun, das kann schon sein. Ich erinnere mich nicht genau«, gab Frau Grach zurück.

Irritiert sah Ernst Hartmann Luciana an. Sollte sie

wirklich? Ja doch, sie konnte einfach nicht anders. Verschmitzt sah sie ihn an und sagte:

»Habe ich schon gesagt, was ich gedacht habe?«

Verwirrt starrte Ernst Hartmann sie an. Nach etwa zwei Sekunden schien der Groschen zu fallen.

»Arteriitis temporalis[1]... mit partieller Amaurosis fugax[2]? Ist das nicht ein bisschen weit hergeholt?«

Luciana zuckte mit den Achseln. Eine bessere Erklärung für monokulare "Doppelbilder" kam ihr nicht in den Sinn.

»Gut«, nickte Ernst Hartmann und fing an, an Frau Grachs Schläfe zu tasten.

»Wenn ich hier drücke, tut es dann weh?«, fragte er sie.

»Also weh tun kann ich nicht so genau sagen, es ist ja so ...«

»Sagen Sie jetzt nur "Ja" oder "Nein"«, unterbrach Ernst Hartmann sie am Rande seiner Geduld:

»Wenn ich hier drücke, tut es dann weh?«

»Naja, also ich kann das so nicht ...«

»Sagen. Sie. Jetzt. Nur. "Ja". Oder. "Nein"«, forderte der entnervte Oberarzt im Telegrammstil, während seine Hände noch immer auf den Schläfen der Patientin ruhten.

»Wenn ich hier drücke, tut es dann weh?«

Schweigen.

Ein unerbittlicher Blick des ermüdeten Oberarztes.

»Ich kann es eben nicht sagen«, beharrte Frau Grach.

»Gut.« Er nahm die Hände von Frau Grach.

---

[1] Arteriitis temporalis: Entzündung der Schläfenader, die zu einer Minderdurchblutung der Netzhaut führen kann.

[2] Amaurosis fugax: Vorübergehende Blindheit, meist sehen die Patient*innen für eine kurze Zeit auf einem Auge schwarz. Bei partieller Amaurosis werden nur Teile des Sichtfelds schwarz.

»Wir machen die übliche Diagnostik mit Ultraschall, Blutsenkungsgeschwindigkeit und so weiter«, sagte Ernst Hartmann an Luciana gewandt. Dann machte er auf dem Absatz kehrt und verließ den Raum.

Luciana Vallejos Mella fühlte sich seltsam erschöpft. Ihre anfängliche Euphorie war verflogen. Sie verließ als Letzte das Zimmer und hörte kurz bevor sie die Türe schließen konnte, ein abgekämpftes Seufzen von Frau Grach. Sobald Luciana die Tür in Schloss fallen ließ, vernahm sie kurioserweise das exakt gleiche Seufzen von Privatdozent Doktor Ernst Hartmann.

Luciana selbst aber unterdrückte das ihrige. Sie hatte das Gefühl, dass sie auf ihrer neuen Station noch zur Genüge würde seufzen müssen.

10. Die Geschichte der saisonalen Depression

Montagmorgen. Privatdozent Doktor Ernst Hartmann fröstelte auf dem Weg von seinem Büro zur allmorgendlichen Frühbesprechung. Der Wind fuhr mit einer Eiseskälte durch sein recht schütteres hellbraunes Haar und es sah aus, als könne es jeden Augenblick anfangen zu regnen.

Warum hatte der Bunker eigentlich keine unterirdischen Verbindungsgänge zwischen den einzelnen Klinikgebäuden?, fragte Ernst Hartmann sich mürrisch und zog sich den Kittel enger um seine schmale Statur. Vermutlich war es an der Zeit sich die Winterjacke für den doch gar nicht so kurzen Weg überzuziehen. Es war immerhin Dezember.

Am Eingang des Klinikhauptgebäudes zeigte er seinen Mitarbeiterausweis vor und nickte dem Sicherheitspersonal knapp zu, welches ihn stumm einließ. Ernst Hartmann spürte, wie sein Körper sich langsam wieder aufwärmte, als er die zwei Stockwerke zum Besprechungsraum hochstieg.

Dort angekommen, setzte er sich auf seinen Stammplatz in der ersten Reihe und gestatte es sich, zum Durchatmen seinen Mundnasenschutz kurz abzunehmen. Es war noch niemand da. Ein Blick auf seine Armbanduhr verriet ihm, dass er wie immer überpünktlich war.

Ernst Hartmann hegte keine besonderen Gefühle in Bezug auf die Frühbesprechung. Sie war ein routinemäßiger Teil

58

seines Arbeitsalltags:

Jeden Morgen versammelten sich der Chef, seine oberärztlichen Kollegen und eine Horde Assistenzärzte, um die aktuelle Bettensituation zu besprechen. Dazu gehörte die Durchsicht der so genannten Entlasszettel (DIN A4 Bögen mit Patientenname, Geburtsdatum, Diagnosen inklusive ICD-10 Code[1] und Verantwortlichem für den Arztbrief) sowie die Vorstellung der Aufnahmekarten (Karten, deren Format in etwa an ein Blatt vierlagiges Toilettenpapier erinnerte, mit Patientenname, Verdachtsdiagnose, Symptome und aufnehmender Station). Außerdem wurden die auffälligen Computertomographien sowie Magnetresonanztomographien des Vortages von einem der Neuroradiologen gezeigt.

Privatdozent Doktor Ernst Hartmann nutzte die Ruhe vor dem Ansturm für eine kurze Rekapitulation der letzten zwei Wochen:

Luciana war auf die Stroke-Unit rotiert und ein neuer Berufsanfänger war auf Station 5B gekommen. Ob er für eine Klinikkarriere in Frage kam, hielt Ernst Hartmann bisher für äußerst fragwürdig. Er schien keinerlei neurologischen Instinkt an den Tag zu legen. Aber gut, jeder fängt mal klein an.

Ernst Hartmanns Blick schweifte aus dem Fenster und erblickte Dunkelheit. Die düstere Jahreszeit war gekommen und er fühlte sich bei diesem Gedanken

---

[1] ICD-10: Internationale statistische Klassifikation der Krankheiten und verwandter Gesundheitsprobleme, Version 10. Codierungssystem der Diagnosen, das zur Abrechnung genutzt wird.

deutlich bedrückt. Während seine Frau Ina mit den gemeinsamen Töchtern fröhlich Weihnachtsgebäck in der Küche verzierte, ertappte er sich immer öfter dabei, grübelnd in seinem Wohnzimmersessel zu hocken. Das musste wohl mit einem Vitamin D Mangel zu tun haben, überlegte er und beschloss, am Wochenende mehr nach draußen zu gehen. Er brauchte Sonnenlicht.

Langsam füllte sich der Besprechungsraum und Privatdozent Doktor Ernst Hartmann setzte eilig seinen Mundnasenschutz wieder auf. Kurz darauf ergriff der Chef das Wort:

»Guten Morgen. Wollen wir starten?«

Der Neuroradiologe Professor Doktor Thomas Himmelhorn dimmte das Licht und rief das erste CT auf.

»Patientin Müller, Annemarie«, sagte er mit seiner tiefen Stimme und verstummte. Es folgte leises Rascheln und schließlich Lucianas Stimme, die etwas nervös die Aufnahmekarte vorlas:

»85-jährige Patientin, kam mit Schwindel und Fallneigung seit acht Stunden, Verdacht auf Hirnstamminfarkt, aufgenommen auf die Stroke.«

Privatdozent Doktor Ernst Hartmann seufzte und suchte den Blickkontakt zu seinem ehemaligen Schützling. Mit seinem Oberkörper führte er eine deutliche Bewegung nach vorne, dann nach hinten, anschließend nach links und zu guter Letzt nach rechts aus und sah Luciana fragend an.

Fallneigung wohin? Wie konnte sie so ein essentielles Detail nur auslassen? War seine ganze Ausbildung etwa

60

schon nach wenigen Wochen wieder vergessen?

Luciana deutete auf die Aufnahmekarte und zuckte fragend mit den Schultern. Anscheinend war die Fallrichtung nicht dokumentiert worden. Ernst Hartmann seufzte erneut und wandte sich wieder der Vorstellung des CTs zu. Kein Infarkt ersichtlich.

11. Die Geschichte der gestohlenen sechzig Jahre

Luciana Vallejos Mella wischte sich den Schweiß von den Händen. Seit sie auf der Stroke-Unit war, lag es an ihr, die Aufnahmekarten in der Frühbesprechung vorzulesen. Sie hasste diese Aufgabe. Patientinnen vorstellen, die man selbst nicht untersucht hat; Schrift entziffern, die man selbst nicht geschrieben hat; Verantwortung übernehmen, für etwas, was man selbst nicht getan hat. Es fühlte sich ganz einfach falsch an.

Sehnsuchtsvoll dachte sie an die früheren Frühbesprechungen zurück. Sie hatte vielleicht ein oder zwei Aufnahmen vorstellen müssen, natürlich nur von Patientinnen, die sie selbst betreute. Den Rest der Zeit hatte sie sich in dem gedimmten Besprechungsraum zurücklehnen können und den Stimmen ihrer Kolleginnen lauschen können.

Am liebsten mochte sie die Stimme des Neuroradiologen Professor Doktor Himmelhorn. Er hatte eine so wundervoll tiefe und sanfte Stimme, dass sie manchmal sogar etwas eingenickt war. Sie wünschte, sie könnte seine Stimme aufnehmen und zu Hause zum Einschlafen anhören.

Stattdessen saß sie nun hier, mit etwa fünfundzwanzig Blättern in ihren Händen, die sich von der Haptik her kaum von Toilettenpapier unterscheiden ließen, und musste eilig das richtige finden. Luciana hatte die Aufnahmezettel

62

vor der Besprechung alphabetisch nach Nachnamen sortiert, doch Professor Doktor Himmelhorn stellte die CTs chronologisch nach der jeweiligen Untersuchungszeit vor.

Müller, Annemarie wo steckst du nur?, dachte Luciana und ließ in der Aufregung mehrere Blätter fallen.

Ah, da bist du ja.

»85-jährige Patientin, kam mit Schwindel und Fallneigung seit acht Stunden, Verdacht auf Hirnstamminfarkt, aufgenommen auf die Stroke«, sagte Luciana in die Runde. Der Neuroradiologe scrollte durch das CT und stellte den Befund vor, als Luciana aus den Augenwinkeln ein wildes Gestikulieren wahrnahm.

Ernst Hartmann wackelte mit seinem Oberkörper auf seinem Stuhl vor und zurück, dann hin und her und sah sie anschließend fragend an.

Luciana musste unwillkürlich an ein bayerisches Schunkellied denken und kurz schoss ihr ein Bild von Privatdozent Doktor Ernst Hartmann mit Lederhosen und Janker in einem Bierzelt durch den Kopf. Er prostete ihr mit einer vollen Maß Festbier zu. Festbier... Hieß es tatsächlich *Festbier*, obwohl es doch ganz klar flüssig war? Luciana schmunzelte kurz angesichts ihrer seltsamen Eingebung, dann blickte sie wieder pflichtbewusst auf die Aufnahmekarte, doch die gewünschte Information, in welche Richtung die Fallneigung ging, war nicht notiert. An Ernst Hartmann gewandt deutete sie auf den Zettel und zuckte bedauernd mit den Schultern. Der seufzte hörbar und verdrehte die Augen.

Genau deshalb sollte man keine fremden Aufnahmen

vorstellen müssen, dachte Luciana resigniert und wandte sich wieder der Frühbesprechung zu.

Etwa eine halbe Stunde später war Luciana Vallejos Mella wieder zurück auf ihrer neuen Station, der Schlaganfallstation. Nach zwei Wochen der Einarbeitung war sie heute zum ersten Mal ganz alleine zuständig. Sie war nervös.

Immerhin, dachte sie betont positiv, ist die Stationskleidung hier blau und undurchsichtig. Wahrlich ein Segen. Sie atmete tief durch und begab sich auf den Weg zur Scoring-Visite.

Die Scoring-Visite war eine hoffentlich eher knappe Visite, die viermal am Tag stattfand, genauer gesagt alle sechs Stunden. Dabei wurden die Patientinnen nach NIHSS[1] untersucht und entsprechend Punkte vergeben, dies gehörte zu jeder guten Schlaganfallversorgung dazu. Anschließend wurde die jeweilige Punktanzahl dokumentiert, um so eine Verlaufsübersicht der Symptomatik der Patientinnen zu erhalten.

Energisch betrat Luciana das Zimmer eins. Patientin: Hofmann, Gabriele. Dreiundachtzig Jahre. Linkshirniger Infarkt. Sprachstörung und Halbseitenlähmung rechts.

»Guten Morgen Frau Hofmann. Mein Name ist Vallejos, ich bin die Stationsärztin. Wie geht es Ihnen?«, startete Luciana in die Visite.

---

[1] NIHSS: **N**ational **I**nstitutes of **H**ealth **S**troke **S**cale: Standardisierte neurologische Untersuchung bei Hirninfarkten, welche je nach Schweregrad der Symptome Punkte vergibt.

64

Frau Hofmann hob den Blick und lächelte Luciana schief an.

»Gut... es geht gut. Danke«, kam es zögerlich von ihr.

Luciana nickte ihr ermutigend zu.

Das klang schon viel besser als letzte Woche, da hatte Frau Hofmann nur inadäquate Wörter und Phrasen wie "Mama Hilfe" oder "in Ewigkeit Amen" sagen können. Jetzt schien sie die Frage verstanden zu haben und hatte sogar passend geantwortet.

Luciana warf einen Blick auf den Monitor und sah, dass Frau Hofmanns Vitalparameter normwertig waren.

»Frau Hofmann, wie heißen Sie mit Vornamen?«, fragte Luciana gewissenhaft. Es war zwar keine der Untersuchungsfragen für den NIHSS, lieferte aber dennoch eine Aussage über die Bewusstseinslage und Orientierung der Patientin.

»Gabriele«, antwortete Gabriele Hofmann.

»Und wie alt sind Sie?« Das war die erste Frage des Scores.

»Zweiundzwanzig«, antwortete Frau Hofmann.

Luciana warf einen kurzen Blick auf ihr Klemmbrett und rief sich das tatsächliche Alter der Patientin ins Gedächtnis.

»Oh, da müssen Sie, glaube ich, noch ein paar Jahre drauf packen, da wären Sie ja jünger als ich«, lächelte Luciana die Patientin durch ihren Mundschutz hindurch an.

Frau Hofmann grübelte kurz.

»Dreiundzwanzig!«, rief sie dann erfreut aus.

Luciana sah die Patientin mitfühlend an und sagte:

»Dreiundachtzig, Frau Hofmann. Nach meinen Papieren sind Sie dreiundachtzig Jahre alt.«

Ein Blick auf den Monitor verriet ihr, dass Frau Hofmann eben das Ausmaß dieser Zahl klar geworden sein musste, denn ihr arterieller Blutdruck schnellte auf 180mmHg[1] hoch, für einen großen Infarkt deutlich zu viel.

Wie konnte ich dieser netten Dame einfach so sechzig Jahre Ihres Lebens klauen?, schalt Luciana sich selbst und sinnierte nach einer Möglichkeit, den Schaden wenigstens etwas zu beheben. Schnell ergriff sie Gabriele Hofmanns linke Hand, beugte sich vertraulich zu ihr ins Bett herunter und sagte charmant:

»Aber keine Sorge, man sieht Ihnen Ihr Alter gar nicht an.«

Der Blutdruckwert auf dem Monitor sank augenblicklich wieder. Gabriele Hofmann lächelte erleichtert und drückte dankbar Lucianas Hand.

---

[1] mmHg, Millimeter Quecksilbersäule: Einheit, in der der Blutdruck üblicherweise angegeben wird.

66

12. Die Weihnachtsgeschichte

Dezember. Fünfundzwanzigster Dezember. Weihnachten. Privatdozent Doktor Ernst Hartmann döste. Seine Frau Ina Hartmann war bereits geschäftig in der Küche, um das ausgiebige Weihnachtsfrühstück vorzubereiten. Sie genoss die ruhigen Morgenstunden, in denen der Rest des Hauses noch schlief.

Etwas Zeit für sich selbst zu haben, um in den Tag zu starten und die Vorfreude auf das Familienfest zu spüren; das war für sie das schönste Weihnachtsgeschenk. Ein wenig Ruhe vor dem Sturm. Denn immerhin würden später ihre Schwiegereltern zu Besuch kommen und Ina ahnte bereits, dass es an ihr liegen würde, die werten Gäste zu versorgen.

Doch von all dem bekam Ernst Hartmann nichts mit. Er lag mit geschlossenen Augen im Bett und befand sich in einem seltsamen Zustand irgendwo zwischen bewusst und unbewusst. Wirre Gedanken und Bilder zogen durch seinen Geist, während er immer wieder in den Schlaf abdriftete: Ein prall geschmückter Weihnachtsbaum umgeben von Geschenken; die strahlenden Augen seiner Jüngsten als sie eines davon auspackte: Es war ein Mobiltelefon. Und es klingelte.

Ein Mobiltelefon?, wunderte sich Ernst Hartmann. So etwas hatte ganz sicher nicht bei ihnen unterm Weihnachtsbaum gelegen! Das Klingeln hallte noch immer in seinen Ohren.

Erst da begriff er, dass es sein eigenes Telefon war, das

da klingelte. Genauer gesagt: Sein Diensthandy. Seufzend rieb Privatdozent Doktor Ernst Hartmann sich den Schlaf aus den Augen und richtete sich mühsam im Bett auf. Seine Hand tastete nach dem nervtötenden Gerät. Es zeigte die Nummer der Stroke-Unit.

»Ja, Ernst hier«, meldete er sich barsch.

Die Partei am anderen Hörerende klang ungewöhnlich matt und ausgelaugt:

»Moin Ernst, hier ist Friede Janssen aus dem Nachtdienst. Meine Ablöse ist leider nicht gekommen und auch nicht erreichbar.«

»Aha. Und was genau ist jetzt deine neurologische Fragestellung an mich?«

Es folgte perplexe Stille. Privatdozent Doktor Ernst Hartmann seufzte und fuhr sich mit der freien Hand über sein Gesicht. Warum hatte ausgerechnet er dieses Jahr den Hintergrunddienst[1] über die Feiertage abbekommen? Er verfluchte den Dezemberdienstplan während er gleichzeitig die tadelnde Stimme seiner Mutter im Ohr hatte: "Merk dir, Ernst: Umgangsformen sind nicht dafür da, umgangen zu werden!"

»Also gut. Wer ist denn die Ablöse?«, fragte Ernst Hartmann etwas kooperativer.

»Moritz Kröger.«

»Hm«, machte er und fragte sich, was er sich von dieser Information eigentlich erhofft hatte. Moritz Kröger war Facharzt für Neurologie und damit als Vordergrundarzt für

---

[1] Hintergrund(dienst): Dienst, bei dem die Ärzt*innen nicht vor Ort tätig sind (Vordergrund), sondern telefonisch Anweisungen geben.

68

jeden Hintergrund ein Traum, da er nur äußerst selten anrief. Schließlich konnte ein Facharzt die meisten Entscheidung selbst treffen. Allerdings war genau dieser Fakt die Crux, da Moritz Kröger dazu neigte, immer die Entscheidungen zu treffen, die am wenigsten Aufwand bedeuteten. Und das waren nicht unbedingt die Entscheidungen zu denen Ernst Hartmann tendierte. Auch wenn sich eine gewisse Schnittmenge natürlich nicht bestreiten ließ. Schließlich musste jeder selbst sehen, dass er pünktlich aus dem Bunker raus und nach Hause kam. Das war vermutlich auch Friede Janssens Ziel.

Wie lang ging noch mal die Nachtschicht im Vordergrund?, grübelte Ernst Hartmann, acht Stunden? Zwölf? Er erinnerte sich nicht mehr.

»Und er hat sich nicht abgemeldet?«, murmelte Ernst Hartmann in den Hörer.

»Nein. Und telefonisch habe ich ihn auch nicht erreicht. Ernst ich bin jetzt schon dreizehn Stunden hier und in weniger als elf Stunden habe ich den nächsten Nachtdienst. Ich muss echt nach Hause.«

»Na, das kommt gar nicht in Frage. Du kannst höchstens den Notaufnahmedienst darum bitten, dass er überbrückend die Stroke-Unit mitbetreut. Wer ist denn da?«

»Der Neue.«

Ernst Hartmann seufzte erneut.

»Das geht natürlich nicht. Was ist denn das wieder für ein Besetzungsplan? Es ist doch immer das Gleiche über die Feiertage! Also: Du rufst jetzt noch mal Moritz an und

69

wenn das nicht klappt, dann telefonierst du dich eben weiter durch, bis du eine Ablöse findest.«

Privatdozent Doktor Ernst Hartmann drückte energisch auf den "Auflegen"-Knopf an seinem Diensthandy. Die Taste war bereits so abgenutzt, dass das rote Symbol kaum noch zu erkennen war.

Er hasste den Hintergrunddienst über die Feiertage. Glücklicherweise hatte er sich die letzten beiden Jahre erfolgreich vor den unbeliebten Diensten drücken können, doch dieses Jahr hatte es ihn getroffen. Da die Feiertagsdienste sich im Vordergrund noch weniger Beliebtheit erfreuten, war die Ausfallquote an Weihnachten extrem hoch. Und entsprechend schwierig war es, kurzfristig Ersatz zu finden.

Flüchtig wurde Privatdozent Doktor Ernst Hartmann vom Geist der vergangenen Weihnacht ergriffen und entsann sich an seine eigene Assistenzarztzeit im Bunker über die Feiertage: Grüne Zweige und rote Christbaumkugeln schmückten die Flure der Universitätsklinik und das Arztzimmer. Es roch nach Zimt und Nelken; die Schwestern hatten Plätzchen und Punsch auf die Station gebracht. Die Patienten, die die Feiertage über im Krankenhaus verbleiben mussten, hatten kleine Geschenke für ihn besorgt, meist eine Flasche Wein oder auch mal einen Eierlikör. Die Anerkennung, dass er seine private Feier hintenanstellte, um sich um das Wohl anderer zu kümmern, war an diesen Tagen besonders spürbar gewesen.

70

Inmitten dieser nostalgischen Reise klingelte Ernst Hartmanns Diensttelefon erneut und er wurde unsanft in die Hände des Geistes der gegenwärtigen Weihnacht geschubst.

Was war denn nun schon wieder?

13. Die Geschichte des Teslas

Dezember. Fünfundzwanzigster Dezember. Weihnachten. Der Morgen war noch jung, doch Luciana Vallejos Mella war bereits hellwach. Sie liebte Weihnachten. Doch noch mehr liebte sie ihren Geburtstag. Die Tatsache, dass beide Feierlichkeiten an genau diesem Tag, dem fünfundzwanzigsten Dezember, vereint wurden, machten ihn alle Jahre wieder zum absoluten Höhepunkt.

Oft, sehr oft, wurde Luciana für das Datum ihrer Geburt bedauert. Weniger Geschenke, weniger Aufmerksamkeit, weniger Alles. Luciana selbst sah das jedoch ganz anders. War es nicht so, dass Glück sich verdoppelt, wenn man es teilt? Die Rechnung war einfach: Sie teilte das Glück ihres Geburtstages mit dem Feiertag zu Ehren der Geburt Jesu. Also: Doppelt Glück.

Außerdem war der fünfundzwanzigste Dezember auch der Tag des nordischen Julfestes. Vierfach Glück. Sogar der Sieg der Mapuche[1] unter Lautaros Führung über die spanischen Konquistadoren in Chile soll am fünfundzwanzigsten Dezember fünfzehnhundertdreiundfünfzig entschieden worden sein. Achtfach Glück!

Luciana lächelte und zog sich die Bettdecke vom Körper. Sie blickte sich in ihrem alten Zimmer im Elternhaus um. Viele Erinnerungen schmückten die vier Wände und selbst der Geruch erinnerte sie an ihre Kindheit. Es roch nach frisch gedruckten Büchern, Staub und Pfirsich Eistee.

---

[1] Mapuche: Indigenes Volk in Chile und Argentinien.

72

Für einen kurzen Moment fühlte sie sich vom Geist der vergangenen Weihnacht ergriffen und sah den großen Weihnachtsbaum und die vielen zugedeckten Geschenke auf dem Konzertflügel ihrer Oma vor sich. Sie hörte den Klang des Glöckchens, das die Ankunft des Christkinds ankündigte, während sie selbst und ihr älterer Bruder mit geschlossenen Augen hofften, dass es auch ja die richtigen Geschenke dabeihatte.

Das Glöckchen klingelte erneut. Moment. Das war gar kein Glöckchen. Das war der Benachrichtigungston ihres Handys. Sie griff nach dem Ding und fühlte sich unsanft in die Hände des Geistes der gegenwärtigen Weihnacht geschubst.

Sie blickte auf ihr Smartphone und las eine Nachricht von Moritz Kröger:

Hey Lucy, die Tesla-Tür und die ausklappbaren

Außenspiegel sind über Nacht festgefroren! Musste

noch mal von der Ladestation zurück zur Wohnung,

um heißes Wasser zu holen und komme daher leider

etwas zu spät zum Dienst. Frohe Weihnachten und

bis gleich!

Luciana musste unwillkürlich grinsen. Moritz und sein Tesla. Er war ein richtiger kleiner Fanboy. Wobei Moritz tatsächlich alles andere als klein war, er war ziemlich hochgewachsen, vermutlich knappe ein Meter neunzig. Außerdem fuhr er einen Tesla, trug gerne sein Tesla-

73

Merchandise Shirt (mit dem Aufdruck: Volltanken) und hatte eine Powerbank, die aussah wie eine Miniatur Tesla-Ladestation. Eher ein großer Fanman als ein kleiner Fanboy, korrigierte Luciana sich selbst in Gedanken.

Die Vorstellung, dass seine Tesla-Flügeltüren zugefroren waren und Moritz eilig mit einem vollen Wasserkocher über die Straße huschte, um Zugang zu seinem Spielzeug zu erhalten, amüsierte sie ungemein.

Aber warum hatte er ausgerechnet ihr geschrieben? Sie hatte doch erst morgen Dienst. Nachtdienst. Luciana tippte eine kurze Antwort in ihr Handy, in der sie Moritz aufklärte, dass sie heute nicht im Dienst war. Die Nachricht schien nicht anzukommen. Vermutlich war er bereits auf dem Gelände des Bunkers. Der Empfang dort war miserabel.

Luciana Vallejos Mella saß auf der Bettkante, legte ihr Handy beiseite und erinnerte sich an ihre allererste Teslafahrt zurück. Damals hatte sie ihre gute Freundin Emilia in Dersburgen besucht und nach einer feucht-fröhlichen Nacht, wie man so schön sagt, hatten sie entschieden, sich für den Heimweg ein Taxi zu rufen. Äußerst erstaunt waren sie, als dieses sich als Tesla-Taxi entpuppte. Beinahe ehrfürchtig stiegen sie ein und bewunderten den riesigen Touchscreen am Armaturenbrett. Bis dato waren sie beide Tesla-Jungfrauen gewesen. Und generell war der Tesla-Trend in Deutschland erst in den darauffolgenden Jahren durch-gestartet.

Durchgestartet waren auch Emilia und Luciana auf den

74

Rücksitzen des Tesla-Taxis. Durch den Alkohol deutlich kommunikativer unterwegs, als es nüchtern der Fall gewesen wäre, begannen sie den Fahrer über sein Gefährt auszufragen und erfuhren einiges über Ladezeit, Reichweite, Wartung und Pflege des Teslas, bis Emmi schließlich die alles entscheidende Frage stellte:

»Aber kann der auch was?«

Angespornt von den beiden Grazien in seinem Wagen drückte der Taxifahrer wortlos - mitten in der Dersburgener Altstadt – das Gaspedal durch und Emilia und Luciana kreischten auf, als sie wie in einer Achterbahn in die Rücksitze gepresst wurden.

Luciana schmunzelte bei dieser Erinnerung. Der Taxifahrer war, nachdem er sie heil an Emmis Wohnung abgesetzt hatte, sogar noch eine extra Runde an ihnen vorbeigefahren, damit sie dem nahezu lautlosen Motor lauschen konnten. Ihr war, als klänge ihr das Geräusch noch heute in den Ohren.

Nein, das Geräusch das sie vernahm, kam erneut von ihrem Smartphone. Es vibrierte gedämpft auf der Matratze. Luciana warf einen Blick auf das Display. Es war die Stroke-Unit. Das konnte nichts Gutes bedeuten.

»Vallejos, hallo?«, meldete Luciana sich.

»Hi Lucy, hier ist Friede. Du, ich komm aus dem Nachtdienst und Moritz ist nicht zum Tagdienst erschienen. Jetzt hat Ernst mich dazu verdonnert, herum zu telefonieren und nach einem Ersatz zu suchen. Könntest du einspringen? Ich bin echt richtig fertig und schiebe nachher den nächsten Nachtdienst.«

Luciana nickte und antwortete:

»Also ich bin bei meinen Eltern im Schwabenländle und könnte, selbst wenn ich jetzt direkt losfahren würde, erst in neun Stunden da sein. Insofern kann ich leider nicht einspringen. Aber Moritz hat mir eine Nachricht geschickt, dass sein Tesla über Nacht eingefroren ist und er ihn erst mal mit heißem Wasser auftauen musste und deshalb etwas später kommt.«

»Etwas später ist gut. Ich warte jetzt schon fast eine Stunde auf ihn!«

Friede schien tatsächlich mit ihren Nerven am Ende.

»Stell dir mal bitte kurz vor, wie Moritz mit einem randvollen Wasserkocher über die Straße schlittert und das Zeug über seine Flügeltüren und Außenspiegel schüttet«, versuchte Luciana, Friede ein wenig aufzuheitern.

»Ja, wie auch immer, Lucy. Das hilft mir jetzt gerade gar nicht. Ich rufe gleich mal Grete an, vielleicht kann der einspringen.«

»Ist gut, Friede. Viel ...«

»Moment, ich muss auflegen. Moritz kommt grad rein... Wo zur Hölle warst du?«

Friede schien sich mit letzter Kraft an Moritz gerichtet zu haben und hatte wohl nicht mehr daran gedacht, auf den Aus-Knopf des Diensthandys zu drücken, sondern es nur weggelegt. Luciana lauschte gespannt.

»Hi Friede, irgendwie dachte ich, Lucy hätte Dienst, also habe ich ihr geschrieben. Der Tesla war eingefroren...«

»Dein blöder Tesla interessiert mich einen Dreck! Ich mach jetzt die Übergabe und dann bin ich weg hier. Du

76

kannst dich drauf einstellen, dass ich dich heute Abend eine Stunde später ablöse. Das schaffe ich auch ohne Tesla.«

Überrascht von Friedes deutlicher Ansage legte Luciana auf. Schade, sie hätte zu gerne Moritz restliche Geschichte gehört. Eine Stunde Verspätung ließ sich ja kaum durch das morgendliche Malheur erklären.

Als sie das Handy vom Ohr nahm, sah sie, dass eine Nachricht von Moritz eingegangen war:

Oh, dann hab ich mich wohl im Plan verlesen. Stell dir vor: Die Türen (und Fenster!) waren bei Ankunft wieder zugefroren, so dass ich nicht ins Parkhaus fahren konnte, sondern außerhalb parken und über den Kofferraum rausklettern musste! Man merkt, dass die Autos eher für kalifornische Temperaturen konzipiert sind...

Luciana konnte sich ein kleines Lachen nicht verkneifen. Der ein Meter neunzig große Moritz, wie er sich durch den Kofferraum seines Teslas zwängte war einfach ein zu komisches Bild. Das also erklärte, warum er so spät gekommen war.

Ihre Gedanken wanderten kurz zu Friede und wie schrecklich eine verspätete Ablöse nach einer Nachtschicht doch war. Sie selbst konnte in ihrem Innersten nicht umhin, ihrer Ablöse jede Minute der Verspätung übel zu nehmen. Auch wenn sie das nie offen ansprechen würde. Insgeheim aber, hatte sie tatsächlich eine kleine Liste mit den pünktlichsten und unpünktlichsten Mitarbeiterinnen angefertigt.

Luciana schüttelte energisch den Kopf und stand auf. Der heutige Tag war in so vieler Hinsicht ein Festtag, den würde sie sich nicht verderben lassen. Der Bunker würde sie früh genug wieder in seiner Gewalt haben, nämlich schon morgen. Sie hatte den Nachtdienst am Sechsundzwanzigsten abbekommen und sich extra ein Flugticket nach Blatikmünde besorgt. Alles, damit sie den heutigen Tag, ihren achtundzwanzigsten Geburtstag, in Ruhe genießen konnte.

Wie das wohl die kommenden Weihnachten werden wird?, fragte Luciana sich und schien kurz die Anwesenheit des Geists der zukünftigen Weihnacht in ihrem Zimmer zu spüren. Doch bevor dieser sie in die Finger bekam, schnellte sie aus dem Raum und die Treppe zur Küche hinunter, wo ihre Mutter Monika schon fleißig mit den Festtags-Vorbereitungen beschäftigt war. Zu solch schwerwiegenden Fragen wollte Luciana heute Abstand halten.

14. Die Geschichte der blauen Kaffeemaschine

Luciana Vallejos Mella sprang im Viereck. Sie hatte noch eine knappe halbe Stunde bis ihre Gäste eintreffen würden. Und sie musste noch das ganze Raclette-Gut schnippeln.

Während ihre Hände in einer Art Automatismus Gemüse, Schinken und Maultaschen in raclettepfannentaugliche Größe schnitten, schweiften ihre Gedanken zu der Redewendung "im Viereck springen" ab. Sie fragte sich, was die Besserung von "im Viereck springen" war. War es "im Dreieck springen"? Oder doch eher "im Fünfeck" oder gar "im Kreis springen"? Diese zutiefst geometrisch-philosophische Frage war ihr tatsächlich eine kleine Schnippelmeditation wert.

Als sie die letzte Paprika in Streifen geschnitten hatte, kam ihr die Lösung: Das Schlimme am im Viereck springen war vermutlich, dass man immer bei denselben vier Ecken vorbeikam, gefangen in einer undurchdringlichen Routine. Folglich müsste es eine Besserung sein, im Fünfeck zu springen und noch besser war es wohl, im Kreis zu springen, denn der hatte schließlich unendlich viele Ecken.

Froh über die Lösung des mathematischen Problems befreite Luciana sich aus ihrer neuen Schürze, die einen Oktopus im tiefen Ozean zeigte. Sie war ein Geburtstagsgeschenk ihrer Mutter gewesen, selbst genäht natürlich. Monika Vallejos Mella hatte in den letzten Jahren ihre Passion fürs Patchworken und Quilten entdeckt und haute ein Kunstwerk nach dem anderen raus. Die Details der Saugnäpfe des Oktopus zeugten von einer Feinstarbeit, die Luciana sich kaum vorstellen konnte. Ihre Mutter musste sie sehr lieben, dachte sie lächelnd und hing die Schürze an ihren vorgesehen Haken.

Bald schon trudelten die ersten Gäste ein und Luciana freute sich, dass sie zum einen Anschluss in Blatikmünde gefunden hatte, und zum anderen auch einige ihrer ehemaligen Kommilitoninnen den teils doch weiten Weg auf sich genommen hatten. Zu letzteren gehörte auch ihre gute Freundin Emilia, die eine Anfahrt von etwa sechs Stunden hinter sich hatte.

Es war eine gesellige Truppe und mir nichts dir nichts war der einst so üppig gedeckte Tisch leer geputzt und die Gäste hingen träge, mit vollen Mägen in den drehbaren, leicht quietschenden Polsterstühlen. Ein Geruch von Raclettekäse, Rotwein und schlechtem Gewissen hing in der Luft.

»Kaffee?«, fragte Luciana in die Runde. Müdes Nicken aus mehreren Ecken.

Luciana stand auf und reckte sich nach der blauen Kaffeemaschine, die auf einem der Hängeschränke in der Küche stand. Bei ihrem Anblick konnte sie sich eines Lächelns nicht erwehren. Sie war ein Geschenk ihres Vaters gewesen.

Nostalgisch wischte Luciana die dünne Staubschicht weg und entblößte damit das strahlende Königsblau der

Filtermaschine. Sie erinnerte sich noch sehr genau an ihre gedankliche Reaktion als sie sie zum ersten Mal gesehen hatte; aber auch an die Worte ihres Vaters, als er sie ihr kurz vor ihrem Auszug aus dem Elternhaus überreichte. Lucianas Gedanke war: "Ich muss definitiv meinen Kaffeekonsum erhöhen, sonst werde ich die nie benutzen."

Artemio Vallejos Mellas Worte waren erstaunlich passend darauf: »Diese Kaffeemaschine ist nicht nur für dich. Sie ist dafür da, dass du anderen einen Kaffee anbieten kannst. Ich habe in Deutschland gelernt, dass es bei "willst du mit mir einen Kaffee trinken?" nicht allein um das Kaffeetrinken geht. Es bedeutet "willst du mit mir reden?", es geht ums Geschichtenteilen.« Und damit würde er Recht behalten, denn tatsächlich handelte es sich um genau die Kaffeemaschine, die den Baustein ihrer Freundschaft zu Emilia gelegt hatte:

Kurz vor Studienbeginn hatte Luciana in ihrer Wohnheims-WG um den Küchenstellplatz der blauen Kaffeemaschine kämpfen müssen, da ihre beiden Mitbewohnerinnen keinen Kaffee tranken. Im Nachhinein betrachtet erschien Luciana dies eine krasse Seltenheit. Doch gut, sie hatte sich durchsetzen können und so ihren ersten Kaffee – natürlich mit Kuchen – aus der blauen Filtermaschine genießen können.

Im ersten Semester hatte Luciana dann recht schnell Anschluss an eine kleine Clique gefunden, mit deren Mitgliedern sie sich sowohl einzeln als auch in der Gruppe bestens verstand. Mit einer Ausnahme: Emilia. Emilia war in Lucianas Alter, etwas größer als sie, dunkelblond, und aus unerfindlichen Gründen erst später zur Gruppe hinzugestoßen. Sie war Luciana zwar sympathisch doch irgendwie gab Emilia ihr das Gefühl, dass dies nicht auf Gegenseitigkeit beruhte.

Eines Tages nach den Vorlesungen wartete Luciana wie immer auf den Bus, als ihr Blick auf Emilia fiel, die ebenfalls zu warten schien. Luciana gesellte sich zu ihr und machte ein wenig Smalltalk bis schließlich der lang ersehnte Bus kam. Doch anstatt seine Türen für die Fahrgäste zu öffnen, hielt der Busfahrer einige Meter von der Haltestelle entfernt und machte Pause. Die Leuchtschrift des Busses zeigte auf einmal nicht mehr "9 ZOB *über Marktplatz*", sondern stattdessen eine Kaffeetasse mit einer geschwungenen Linie darüber, die den Dampf des heißen Gebräus darstellen sollte. Luciana und Emilia dachten in diesem Moment beide das gleiche: Wie gut wäre jetzt eine Tasse Kaffee?

Also entschloss Luciana sich spontan, Emilia von ihrer neuen blauen Kaffeemaschine zu erzählen und sie zu einem solchen Heißgetränk in ihrer WG einzuladen. Sie willigte ein. Aus einer Tasse wurden zwei und schon bald waren sie vom Koffein freudig aufgedreht und entschieden, im Gegensatz zu ihren Kommilitoninnen, die alle auf die kommende mündliche Prüfung lernten, einen spontanen Städtetrip zu machen.

So kam es, dass Luciana und Emilia Freundinnen wurden und es bis zum heutigen Tage auch blieben. Da die Geschichte dieses Städtetrips in der Clique ziemlich aufgebauscht wurde, war Lucianas blaue Kaffeemaschine innerhalb kürzester Zeit sehr gefragt und sie konnte noch viele weitere Gäste mit dem berühmten Gebräu

82

beglücken.

Das blubbernd-zischende Geräusch der blauen Filtermaschine gepaart mit dem verlockenden Röstaroma riss Luciana aus ihren Gedanken. Der Kaffee war durchgelaufen.

Zeit, sich wieder meinen aktuellen Gästen zuzuwenden, dachte sie bei sich. Liebevoll tätschelte sie die blaue Kaffeemaschine und setzte sich mit der dampfenden Kanne wieder an den an ein Schlachtfeld erinnernden Esstisch.

»Rate mal, aus welcher Maschine dieser Kaffee stammt«, zwinkerte sie Emilia zu und sah, wie auch sie kurz in Erinnerungen schwelgte.

15. Die Geschichte des Laserkampfs

Das neue Jahr hatte begonnen. Es war zwei Uhr morgens am ersten Januar des Jahres zweitausendzweiundzwanzig.

Luciana erhitzte Glühwein für ihre fröstelnden Gäste. Der Geruch nach Nelken, Zimt und Sternanis zog ihr durch die Nase, während sie geduldig am Herd stand und gedankenverloren im Topf rührte. In guter nordischer Manier waren sie alle kurz nach null Uhr in die eiskalte Blatik gesprungen. Neujahrsbaden nannte sich das. Nun, zurück in Lucianas Wohnung, ging es ans Aufwärmen und daran, den Pegel erneut aufzubauen. Schließlich machte nichts nüchterner als ein Sprung ins kalte Wasser.

Für das gewisse Etwas gab Luciana noch einen Schuss Cognac in den Glühwein. Dabei vernahm sie lächelnd Monika Vallejos Mellas Stimme in schwäbischer Mundart in ihrem Kopf: "'S *beschde Jäckle isch immer noch a Cognäckle!*"

Verträumt setzte Luciana sich mit dem gefüllten, heiß dampfenden und herrlich duftenden Getränk zu Emilia.

»Was sind deine Vorsätze fürs neue Jahr, Lucy?«, fragte Emilia sie. Luciana verschluckte sich an ihrem viel zu heißen Glühwein mit Schuss und hustete.

»Ich habe mir vorgenommen, mir keine Vorsätze vorzunehmen«, grinste sie, als sie sich von ihrem Hustenanfall erholt hatte.

»Und du so?«, fügte sie hinzu.

»Ich glaube, ich will raus aus der Augenklinik«, sagte Emilia nachdenklich während sie einen vorsichtigen Schluck von dem winter-weihnachtlich duftenden

84

Glühwein nahm.

Luciana sah sie aufmerksam an und wartete auf eine ausführlichere Darstellung.

»Es läuft einfach einiges schief da.« Emilia zuckte mit den Schultern und schien die Sache nicht weiter ausführen zu wollen. Luciana nickte mitfühlend. Es war nicht einfach, in ernstem Ton über die Missstände in den Kliniken zu reden. Das hieße zugeben, Teil eines maroden Systems zu sein. Wesentlich einfacher war es, sich zwar genervt aber auch mit Witz über die alltäglichen Herausforderungen zu beschweren. So konnte man ohne Tiefgang die jeweiligen Punkte zur Sprache bringen.

»Bei uns auch. Ich bin ja jetzt auf der Stroke«, begann Luciana, um Emmi den Druck etwas zu nehmen, »und ich arbeite zwölfeinhalb Stunden lang. Da steht mir gesetzlich eine Pause von fünfundvierzig Minuten zu, die ich aber nie nehmen kann. Ich darf die Station nicht zum Mittagessen verlassen, da die Kantine so weit weg ist, dass ich bei einem Notfall nicht schnell genug wieder da wäre. Und selbst wenn ich es schaffe, in den anderen elfeinhalb Stunden des Tages nicht nur heimzufahren, zu duschen und zu schlafen, sondern mir auch noch was Essbares vorzubereiten, um es dann tatsächlich kurz im Arztzimmer runterschlingen zu können, dann habe ich noch immer keine Möglichkeit, das Diensttelefon und den Pieper abzugeben, bin also durchgängig erreichbar und zuständig. Das kann doch nicht als Pause zählen!«

Emmi nickte zustimmend.

»Also habe ich meine versäumten Pausen als Überstunden eingetragen«, fuhr Luciana fort. »Ich habe

85

jetzt in einem Monat schon fünfzehn Überstunden allein durch die Pausenverletzungen gesammelt. Und obendrauf kommen ja noch die echten Überstunden, wenn die Ablöse nicht kam oder zum Schichtwechsel ein Notfall war und so weiter.«

Luciana nippte an ihrem Glühwein und murmelte resigniert in ihre Tasse:

»Aber das Beste ist: Als ich jetzt am Sechsundzwanzigsten Dienst hatte, waren alle meine Überstundenanträge einfach gelöscht.«

Sie seufzte: »Weißt du, andere haben über die Feiertage frei und bekommen zu Weihnachten ein dreizehntes Gehalt und einen Schokoladennikolaus. Ich bekomme einen Nachtdienst und alle meine Überstunden gelöscht. Irgendwie bitter.«

Luciana blickte von ihrer Tasse auf. Emmi sah sie aufmerksam an. Dann hob sie die Stimme und begann zu erzählen:

»Mensch Lucy, so ist es doch eigentlich überall, oder nicht? In der Augenklinik jedenfalls ist es genauso. Überstunden werden unter den Teppich gekehrt und vom Arbeitszeitgesetz hat noch nie jemand was gehört. Aber bei mir geht es noch weiter. Es werden nicht nur die Angestellten ausgebeutet, sondern auch die Patientinnen! Neulich war ich mit dem Chef im OP. Er hatte mal wieder eine Patientin, so eine nette Dame um die siebzig, zu einer lasergesteuerten Katarakt[1]-OP überredet. Normalerweise

---

[1] Katarakt oder auch: Grauer Star. Meist altersbedingte Eintrübung der Linse, die zur Einschränkung der Sehfähigkeit führt.

86

wird die alte, trübe Linse ja mit Ultraschall zerkleinert, über einen seitlichen Schnitt ausgesaugt und anschließend die neue, künstliche Linse eingesetzt. Das zahlt die Kasse. Wenn das Ganze aber mit Laser gemacht werden soll, ist es eine Privatleistung. Tausend Euro lässt der Chef sich da pro Auge spendieren. Aber für die Gesundheit greift man ja auch gerne mal tiefer in die Tasche, vor allem wenn der Chefarzt das so wärmstens empfiehlt.

Jetzt ist es aber so, dass der Laser auch mal gewartet werden muss und deshalb dann nicht genutzt werden kann und genau zu diesem Zeitpunkt war der Eingriff, den die Patientin auch schon bezahlt hatte. Ich stand also im OP, als der Chef meinte: "*Jetzt kommt der Laser ... piu piu*" und den Schnitt dann ganz normal mit dem Skalpell gesetzt hat. Stell dir das mal vor! Die OP-Schwester hat ihn einfach nur entsetzt angestarrt und etwas unsicher gefragt: "*Soll ich jetzt den Laser einloggen?*" Immerhin wird ja alles protokolliert.«

Luciana blickte Emmi ungläubig an. Sie spürte, dass ihr die Kinnlade heruntergeklappt war.

»Piu piu... echt jetzt?«, fragte sie und wusste nicht, ob sie lachen oder weinen sollte. Dann fügte sie hinzu:

»Und hat sie den Laser eingeloggt?«

»Tja, jetzt pass auf: Sie hat den Chef mit seinen eigenen Waffen geschlagen. Sie hat nämlich nur so getan, als würde sie den Barcode abscannen und "*Piep ... ist eingeloggt*" gesagt«, grinste Emilia und beide brachen sie urplötzlich in schallendes Gelächter aus. Weinend ins neue Jahr zu starten war schließlich auch keine Option.

16. Die Geschichte des Benjamins

Doktor Benedikt Bernstein schlitterte mit dem Fahrrad über die eisglatte Straße. Zum Glück befand er sich noch in der zu dieser Zeit verwaisten dreißiger Zone, in der seine kleine Einzimmerwohnung lag. Sowohl bei Glätte als auch bei hochgeklappten Bürgersteigen zu fahren, war für Doktor Benedikt Bernstein keine große Herausforderung.

Nein, die Herausforderung wird erst noch kommen, dachte er grummelig und trat weiter in die Pedale.

Seit über zwei Jahren war Benedikt Bernstein nun schon Oberarzt im Blatikmünder Universitätsklinikum und noch immer hatte er das Gefühl, sich seinen Kollegen gegenüber behaupten zu müssen. Und das nur, weil er mit seinen neununddreißig Jahren der jüngste war. Der Benjamin. Insgeheim wusste er genau, dass sie ihn hinter seinem Rücken so nannten. Dabei hieß er Benedikt und war – anders als Benjamin - nicht der jüngste der zwölf Söhne Jakobs, die wohl als Stammväter der zwölf Stämme Israels galten.

Im Gegenteil, er war der Älteste; von zwei. Und mit Israel, der Bibel und vor allem dem alten Testament hatte er eigentlich nichts am Hut. Er hatte sich im Netz über das "der Benjamin Sein" informiert, als ihm sein Spitzname über den Bunker'schen Buschfunk zu Ohren gekommen war.

Wie lange würde er sich wohl noch gegenüber den anderen Oberärzten beweisen müssen?

Klar, anfangs hatte er noch gedacht, das seien bloß kleine Startschwierigkeiten. An der gleichen Klinik als

88

Oberarzt zu starten, an der man auch den Großteil seiner Assistenzarztzeit verbracht hatte, war nie leicht. Aber nun... nach zwei Jahren... Sollten die Stichleien da nicht langsam vorüber sein?

Lass gut sein, sagte Benedikt streng zu sich und bog in die Klinikeinfahrt ab. Mit Leichtigkeit fand er in der Dunkelheit einen freien Fahrradstellplatz, schloss sein Rad an und zerrte sich den Helm von seiner hellblonden Mähne.

Der Weg vom Haupteingang bis zu Doktor Benedikt Bernsteins Büro war nicht weit. Tatsächlich saß er nur wenige Türen vom Chef entfernt, im ersten Stock und hatte ein kleines Fenster Richtung Osten, so dass er einer der ersten war, den die morgendlichen Sonnenstrahlen tagtäglich begrüßten. Allerdings war es heute neblig und von Sonnenstrahlen keine Spur. Da half wohl auch das Ostfenster nichts.

Benedikt streckte sich auf seinem Bürostuhl und wartete, bis der PC hochfuhr. Vor der Frühbesprechung wollte er noch kurz einen Blick in seine Mails werfen. Er hatte erst kürzlich ein neues wissenschaftliches Paper eingereicht und hoffte, dass er bald positive Nachrichten bezüglich der Veröffentlichung erhalten würde.

Die Frühbesprechung ging an Benedikt vorüber, ohne dass er sich auch nur einen Patienten im Gedächtnis hatte behalten können. Nicht einmal die feurige Gardinen-predigt des leitenden Oberarztes, Professor Doktor Alois Mäcker, zur richtigen Diagnosecodierung konnte in ihm eine Gefühlsregung erwecken. Er fühlte sich seltsam abwesend. Vermutlich musste er erst wieder richtig im

Bunker ankommen, immerhin hatte er die letzten Tage, nämlich über den Jahreswechsel, frei gehabt.

Als Doktor Benedikt Bernstein mit seiner Chipkarte die elektronische Tür zur neuen Stroke-Unit öffnete – sie war über die Feiertage auf eine andere Etage verlegt worden - setzte er ein freundliches Gesicht auf und beschloss, das neue Jahr und die neue Station mit einer perfekten Visite einzuweihen.

Er grüßte die Pflegekräfte am Stationsstützpunkt und streckte dann seinen Kopf ins Arztzimmer hinein.

»Lucy, bereit für Visite?«, erkundigte er sich.

Luciana sah mit ihren braunen Augen vom Monitor auf und musterte ihn kurz.

»Dir auch ein frohes neues Jahr, Benni«, erwiderte sie und grinste ihn dabei kurz schräg an, bevor sie sich die FFP2-Maske überzog.

Oh, einfach mal kurz die menschlichen Umgangsformen vergessen, dachte Benedikt bei sich und fühlte sich peinlich berührt. Er schüttelte das Gefühl ab und ging forschen Schrittes voran. Zeit für Visite.

17. Die Geschichte des passenden Abgangs

Luciana Vallejos Mella hatte ihre liebe Mühe, bei der Visite mit Doktor Benedikt Bernstein Schritt zu halten. Zum neuen Jahr war die Stroke-Unit auf eine Etage tiefer umgezogen und die Zimmeranordnung war komplett anders, als Luciana es gewohnt gewesen war. Der ganze Aufbau ähnelte einer Intensivstation, während die alten Räumlichkeiten exakt wie die Normalstation 5B angeordnet gewesen waren. Außerdem gab es nun vier neue Betten, was hieß, dass Luciana nun für sage und schreibe dreizehn neurologisch schwer erkrankte Patientinnen zuständig war, die rund um die Uhr überwacht werden mussten. Und während der Pflegeschlüssel bei so einer Veränderung selbstverständlich eine zusätzliche Pflegekraft für die Station vorschrieb, blieb es im ärztlichen Bereich trotz der Bettenerhöhung weiterhin bei einer Stelle. Das Lotterleben mit zehn normalstationsfähigen Patientinnen war jedenfalls endgültig vorbei.

Doktor Benedikt Bernstein war schon ins nächste Zimmer gehuscht und hatte sich bereits als Oberarzt der Schlaganfallstation vorgestellt, als Luciana noch damit haderte, den bettseitigen PC zum Laufen zu bringen. Gerade als sie es geschafft hatte, sich erfolgreich ins Patienteninformationssystem einzuloggen, begann Benedikt auch schon mit seiner Abgangs-Routine.

Luciana konnte sich eines beeindruckten Blickes nicht erwehren. Sie sah und staunte. Benni hatte die Kunst des passenden Abgangs perfektioniert. Denn nichts anderes war es tatsächlich: Eine Kunst.

Allein die richtigen Abschiedsworte zu wählen, war eine Herausforderung.

"*Schönen Tag noch!*" bedeutete, dass man das Zimmer nicht mehr betreten würde. Das war zwar häufig der Fall, trotzdem konnte man dies nicht bei der Visite neun Uhr morgens schon zugeben. Es hieße, die Patientin alleine zu lassen.

"*Bis später*" oder "*bis dann*" allerdings suggerierte, dass man noch einmal vor Schichtende das Zimmer betreten würde. Das war vielleicht der Fall, vielleicht aber auch nicht. Und falsche Hoffnungen wecken, das wollte man auf gar keinen Fall.

Als Halbchilenin konnte Luciana natürlich auch auf ein lockeres "*chao*" ausweichen, aber es schien ihr ein wenig zu informell. Fehlte nur noch, dass sie ein "*Kakao*" anhängte!

Zum Glück musste Luciana Vallejos Mella das Rad nicht neu erfinden. Äußerst aufmerksam hatte sie ihre Kolleginnen beobachtet, um sich ein Stück von deren Abschiedsfloskeln abzuschneiden, doch es war einfach nie das passende dabei gewesen. Bis jetzt.

Doktor Benedikt Bernstein leitete seinen Abgang bereits bei den letzten Worten der Patientin ein und zwar mit einem grüblerischen und gleichzeitig seltsam verständnisvollen "*Tja*". Dies wiederholte er in immer kürzer werdenden Abständen – ähnlich eines

92

umgedrehten AV-Blocks zweiten Grades Typ Mobitz I[1] – bis die Pausen schließlich so kurz wurden, dass er die Patientin mit seinen *Tjas* unterbrach. Der Clou daran war, dass Benedikt selbst entschied, welches die letzten Worte der Patientin waren. So blieb die Länge der Visite weiterhin in seiner alleinigen Kompetenz.

Doch nicht nur die Frequenz der *Tjas* erhöhte sich, nein, auch die Lautstärke wurde von "Tja" zu "*Tja*" angehoben, so dass Benedikt die Patientin gegen Ende hin nicht nur unterbrach sondern auch übertönte.

Aber auch damit war es nicht getan! Gleichzeitig zu der zwar etwas brüsk klingenden "*Tja*"-Methode, die richtig angewandt jedoch erstaunlich unaufdringlich wirkte, begann Benedikt, sich elegant rückwärts Richtung Zimmerausgang zu bewegen. Dies tat er mit einer gleitenden Leichtigkeit und einer solchen Präzision, als hätte er sein Lebtag nichts anderes getan. Zielsicher schwebte er rückwärts, beinah lautlos, lediglich begleitet von den Worten der Patientin und seinen eingeworfenen *Tjas*, den Blickkontakt haltend, über den Linoleumboden auf die Zimmertür zu und krönte den ihm zu eigen gewordenen stilsicheren Moonwalk, sobald seine Hand den Türgriff erreichte, mit den sorgfältig gewählten Worten »Tja, tja, tja … Tschüss erstmal!«.

Was für ein rhetorisches Meisterwerk! Welch eine anmutige Choreographie!

Luciana vergaß vor lauter Ehrfurcht, die Visite zu

---

[1] AV-Block zweiten Grades Typ Mobitz I: Eine Herzrhythmusstörung, bei der die Erregungsüberleitung vom Herzvorhof zur Herzkammer immer langsamer wird.

93

dokumentieren, und folgte Benedikt eilig auf den Flur. Schlagartig wurde ihr klar: Von ihm konnte sie noch viel lernen.

18. Die Geschichte des Feierabends

Seit Luciana auf der Stroke-Unit – und dazu auch in der Notaufnahme - eingeteilt war, sah sie Lars nur noch sehr unregelmäßig. Sein praktisches Jahr am Bunker neigte sich unweigerlich dem Ende zu. Dass vier Monate doch so schnell verstreichen konnten, erstaunte Luciana.

Da Lars als unbezahlter Student wenigstens geregelte Arbeitszeiten hatte, überschnitten sich ihre Anwesenheitszeiten am Bunker nur sporadisch, denn Luciana arbeitete zu jeder erdenklichen Zeit: Nachts, am Wochenende und nachts am Wochenende.

Die Mühe, die sie auf Normalstation in Lars' Ausbildung gesteckt hatte, machte sich vor allem an ihren gemeinsamen Tagen in der Notaufnahme bezahlt, an denen sie Lars eigenständig Patientinnen betreuen ließ, die er dann direkt mit dem Hintergrundoberarzt besprach. Das bedeutete wenigstens etwas Entlastung, wenn mal wieder der so genannte "neurologische Bus" ankam.

Der neurologische Bus war ein metaphorischer Bus und beschrieb das in unregelmäßigen Abständen vorkommende Phänomen, dass eine ganze Busladung an neurologischem Potpourri von Kopfschmerz und Sehstörung über Kribbeln bis hin zu Lähmungen zeitgleich am Bunker aufschlug.

Wenn einen der neurologische Bus erwischte, gab es eigentlich kein Entkommen. Es gab nur ein Durchhalten. Durchhalten bis die Ablöse kam.

Luciana beschrieb die Notaufnahme in solchen Überlastungssituationen gerne wie Treibsand: Je mehr

95

man sich bemühte voranzukommen, desto mehr versank man in Arbeit.

Man konnte noch so viele Patientinnen schnell und effektiv anamnestizieren[1] und untersuchen, am Ende wartete man doch über neunzig Minuten, bis die Laborergebnisse und das CT da waren. Und in der Wartezeit hörte man sich die Geschichte der nächsten Patientin an. Bis man irgendwann eine Busladung angefangener Fälle gesammelt hatte und allesamt an die arme Ablöse abgab, die dann den Bus aufräumen musste. Es war schrecklich.

Zeit für Mittagessen, Trinkpausen oder einen Toilettengang gab es da nicht. Geschweige denn Zeit für die Studierendenausbildung.

Umso mehr freute es Luciana, dass Lars letzter Tag tatsächlich auf einen ihrer Stroke-Dienste fiel und sie ein letztes Mal gemeinsam die Station (un)sicher machen konnten.

Lars betrat das Arztzimmer mit zwei Tassen Kaffee und zwei Stück Zwetschgenstreuselkuchen und setzte sich zu Luciana. Er hatte sich tatsächlich vorab nach ihren Kuchenwünschen erkundigt. Denn dass man als PJler zum letzten Tag Kuchen mitbrachte, war ungeschriebenes Gesetz. Sie bedankte sich und während sie einen Blick auf die Uhr warf, fragte sie sich, wo er im Februar wohl Zwetschgen herbekommen hatte.

Es war kurz nach zwei. Nach dem kurzen Kaffee-

---

[1] Anamnestizieren: Eine Anamnese, also ein strukturiertes ärztliches Gespräch, durchführen.

96

Päuschen würde sie Lars nach Hause schicken. Ein pünktlicher Feierabend war das wichtigste im PJler-Dasein und das Einzige, was einen über das praktische Jahr hinweg motiviert hielt. So war zumindest Lucianas persönliche Erfahrung.

Während das Aroma des äußerst saftigen Zwetschgenkuchens an ihre Geschmacksknospen band, dachte Luciana an ihre eigene Zeit im praktischen Jahr zurück. So viel aktive Passivität! Zuhören, zuschauen, zunicken und gleichzeitig allzeit für Fragen oder Aufträge bereit sein. Abschweifen war gefährlich. Und immer, wirklich immer, war man für alles und jeden der Sündenbock. Vor allem in der Chirurgie.

Ach ja, das Chirurgie-Tertial. Luciana erinnerte sich noch sehr lebhaft daran, wie sie im OP die Nahtfäden des Operateurs abschneiden sollte und immer entweder zu wenig oder zu viel Faden stehen ließ.

Einmal war sie es leid gewesen und hatte es gewagt nach der knappen Aufforderung "Schnitt!" zu fragen, wie viel Abstand sie zum Knoten lassen sollte. Die Antwort erwies sich als äußerst unhilfreich:

»Wie immer natürlich!«

Luciana schnitt und erntete ein:

»Falsch!«, worauf sie sich ein:

»Na, Sie sagten doch: Wie immer«, nicht verkneifen konnte.

Generell war der Umgangston eher ruppig und Luciana vermied es, wenn möglich, Teil der Konversation zu sein.

Dies war auch dem Chef aufgefallen und als sie gemeinsam mit einem der Oberärzte am OP-Tisch standen, sagte er, den Blick starr auf den offenen Bauchraum der Patientin vor ihm gerichtet:

»Also vor Ihnen hab ich Respekt, Frau... ehm...«, er schien eine Weile zu Grübeln und schnippte ärgerlich mit den Fingern, dass ausgerechnet ihm als Chef der Name der angehenden Kollegin nicht einfallen wollte.

»Frau Villarreal«, sagte er schließlich. »Sie sind immer so still und gucken kritisch.«

Luciana Vallejos Mella hatte kurz aufgesehen, um herauszufinden, ob der Chef tatsächlich sie mit Villarreal meinte, da sein Blick jedoch weiter auf den ulzerierten Magen der Patientin gerichtet war, konnte sie es nicht mit Sicherheit sagen. Vermutlich war tatsächlich sie gemeint, immerhin war Luciana die einzige mit spanischem Namen. Und auch die einzig anwesende Frau, die Patientin mal ausgenommen. Aber Villareal? Ein Fußballclub, wirklich? War das die Art des Chefs, seinen Respekt auszudrücken? Indem er ihr einen Namen erfand, anstatt ihren echten Namen zu erfragen?

Nun gut, anscheinend war Luciana mit der Schweigsamkeitsnummer ja bisher gut gefahren, also hielt sie einfach weiter den Mund und widmete sich wieder dem Absaugen von Blut und Magenflüssigkeit. Never Change a running system.

Apropos! Luciana riss sich aus ihrem Wandel in der Vergangenheit und landete vor ihrem leergeputzten Teller im Arztzimmer. Lars war ebenfalls mit Essen fertig.

Mit wenigen Klicks öffnete Luciana Youtube auf dem Arbeitscomputer und ließ ein letztes Mal ihre gemeinsame Tradition aufleben, mit der sie Lars auf Normalstation

98

tagtäglich nach Hause entlassen hatte. Aus den Lautsprechern erklang:

Feierabend wie das duftet:

Feurig, würzig, deftig gut.

Pommersche aus dem Buchenrauch

Naturgewürzt und das schmeckt man auch.

Pommersche aus dem Buchenrauch

Frisch auf den Tisch, so ist der Brauch!

Lars und Luciana grinsten sich an.

»Danke für die super Zeit!«, sagte er, »es hat echt Spaß gemacht mit dir.«

Luciana lächelte.

»Das kann ich nur zurückgeben.« Nach kurzer Überlegung fügte sie hinzu:

»Und? Wirst du nach dem Staatsexamen bei uns anfangen?«

Lars hüstelte erschrocken.

»Ehm, nichts für Ungut Lucy, aber den Scheiß hier kann ich mir echt nicht antun. Auf Normalstation ging es ja noch, aber Notaufnahme?! Ich seh' doch, dass du es meistens nicht mal kurz auf Toilette schaffst. Ich wette, die restliche Zeit bis zur Übergabe, in der ich schon zu Hause bin, wird das auch nicht besser. Ganz zu schweigen von dem krassen Druck von oben. Wenn Professor Mäcker mal wieder meckert... Sorry, aber für mich ist das echt nichts.

Ich denke, ich gehe in die Radiologie. Oder vielleicht ins Gesundheitsamt. Irgendwo, wo die Arbeitsbedingungen humaner sind. Mal sehen.«

Luciana nickte bedächtig. Tief in sich drin wusste sie, dass Lars Recht hatte. Aber den Traum der Neurologie, den konnte sie einfach noch nicht aufgeben.

19. Die Geschichte der Telefon-Kaffee-Dates

Seit sie zu Silvester die blaue Kaffeemaschine entstaubt hatte und mit Emilia in guter alter Manier Kaffee getrunken hatte, hatten sie sich beide entschieden, die langjährige Tradition wieder aufleben zu lassen. Nur weil sie rund sechshundert Kilometer auf der Landkarte trennten, hieß das noch lange nicht, dass sie nicht zusammen Kaffee trinken konnten.

Und so hatten sie sich heute, an einem knospenden Sonntag im März, zu einem Telefon-Kaffee-Date verabredet.

Das Gebräu war eben durch die blaue Filtermaschine gelaufen, als Lucianas Handy klingelte. Das Display zeigte ein altes Bild von Emmi und ihr in Dersburgen.

Gekonnt swipte Luciana den grünen Hörerbutton nach rechts, während sie gleichzeitig mit der anderen Hand Milch in ihren Kaffee schüttete. Für Kuchen war leider keine Zeit gewesen, ein Franzbrötchen musste reichen.

»Hi Emmi«, begrüßte Luciana ihre alte Freundin.

»Hi Lucy«, kam es vom anderen Hörerende zurück, »ist dein Kaffee schon durchgelaufen?«

»Jap, ist alles bereit. Bei dir?«

»Auch.«

»Na dann, zum Wohl!«, sagte Luciana und prostete mit ihrer Kaffeetasse, auf der ein Faultier im Kittel mit Stethoskop und HNO-Stirnspiegel abgebildet war, in die Luft. Über dem Faultier stand: Anti-Stress-Tasse für Ärztinnen.

»Wie ist die Lage bei dir, Emmi? Zählst du schon die Tage?«, erkundigte sich Luciana.

»Tatsächlich ja!« Luciana hörte ein leises Schlürfen am anderen Hörerende, dann: »Bis Ende März bin ich noch angestellt, allerdings hab ich noch zwei Wochen Resturlaub, den ich nehme, also sind es jetzt tatsächlich nur noch zehn Tage in der Augenklinik für mich.«

»Krass«, kommentierte Luciana, »wie fühlt sich das an?«

»Gemischt«, antwortete Emmi, »zum einen ist es eine Erleichterung, und zum anderen fühlt es sich falsch an, zu kündigen, ohne eine neue Stelle in der Tasche zu haben, weißt du? Aber im Großen und Ganzen denke ich, dass ein bisschen Auszeit mir auch gut tun wird. Und eine neue Stelle wird sich dann zu gegebener Zeit schon finden. Reden doch alle vom Ärzte-Mangel.«

»Ja, leider nur vom Ärzte-Mangel und nicht vom Ärztinnen-Mangel, der zufälligerweise besonders in den höheren Hierarchieschichten gravierend ist. Bei mir in der Neuro zumindest gibt es keine einzige Oberärztin. Das ist ein reiner Männerclub«, seufzte Luciana und biss von ihrem Franzbrötchen ab. Noch kauend fügte sie hinzu:

»Ich bin mir sicher, dass du die richtige Entscheidung getroffen hast, Emmi. Was du erzählt hast, klang einfach schrecklich! Allein der sexistische Text bei den Sehtestkarten, da hattest du mir doch ein Bild geschickt. Was stand da nochmal drauf?«

»Ein Mann kann der öffentlichen Meinung Trotz bieten; eine Frau muss sich derselben unterwerfen«, zitierte Emmi mit monotoner Stimme.

102

»Genau! Das kann man die Patientinnen doch nicht vorlesen lassen!« Luciana konnte sich trotz ihrer Empörung eines kleinen Kicherns nicht erwehren. Wie konnte eine Klinik nur derartige Sehtestkarten verwenden?

»Das zeigt einfach total deutlich, dass das nicht der richtige Arbeitgeber für dich war, Emmi. Mal von den ganzen anderen Geschichten abgesehen. Besser ein Ende mit Schrecken als ein Schrecken ohne Ende!«, stellte Luciana fest, nahm einen Schluck von ihrem köstlich duftenden Kaffee und fügte wie ein Mantra - um Ernst Hartmanns Dauerbrenner "*du machst das alles falsch*" entgegenzuwirken - hinzu: »Mal wieder alles richtig gemacht, Emmi.«

20. Die Geschichte des Feuers und der FOMO

Es war bereits April, als das Unausweichliche geschah. Ein Patient hatte es geschafft, den Bunker in Brand zu setzen. Genauer gesagt: Er hatte beim Im-Bett-Rauchen seine Matratze angezündet.

Bei der Mischung an Dementen und Deliranten[1], die die neurologische Normalstation 5B aktuell ihr zu Hause nannten, war es nur eine Frage der Zeit gewesen, bis eine dieser kleineren Katastrophen passieren würde.

Umso erstaunlicher war es, dass das Unglück nicht auf Station 5B geschah, sondern auf der unfallchirurgischen Nachbarstation, Station 5A.

Während sich die Nachricht des Brandes wie ein Lauffeuer im gesamten Bunker verteilte, blieb der Brand an sich glücklicherweise überschaubar. Und das Dank eines außergewöhnlichen Helden: Privatdozent Doktor Ernst Hartmann.

Luciana erfuhr die Geschichte des Feuers, als sie gerade zu ihrer Nachtschicht auf die Stroke-Unit kam. Sie war wie immer überpünktlich und ließ sich von Friede Janssen das Tagesgeschäft übergeben, um selbst des Nachts für die Station zuständig zu sein.

Nachdem die offiziellen Formalien geklärt waren, blieb ausnahmsweise noch etwas Zeit für Tratsch und Klatsch und so erfuhr Luciana, dass ihr alter Oberarzt Privatdozent

---

[1] Von: Delir: Zustand der akuten Verwirrtheit, der Bewusstsein, Orientierung und Wahrnehmung betreffen kann.

104

Doktor Ernst Hartmann das Feuer auf der Nachbarstation heroisch gelöscht hatte und so ein größeres Unglück hatte verhindern können. Nähere Nachfragen Lucianas (»wie weit war das Feuer schon ausgebreitet?«, »wie hat Ernst von dem Feuer mitbekommen?«, »warum hat kein unfallchirurgischer Oberarzt das Feuer gelöscht?«) konnte Friede nicht beantworten. Sie war immerhin nicht dabei gewesen.

Luciana saß inzwischen alleine im Arztzimmer. Sie war gerade fertig mit der zwei Uhr Scoring-Visite und lehnte sich auf ihrem Stuhl zurück. Sie legte den Hinterkopf in ihre gefalteten Hände und starrte in die Dunkelheit vor dem Fenster. Es war Neumond.

Vor ihrem inneren Auge sah sie Privatdozent Doktor Ernst Hartmann auf dem Holzoptik-Flur des fünften Stocks wandeln. Wahrscheinlich war er gerade auf dem Weg zur Nachmittagsvisite gewesen. Vom Aufzug aus kam man tatsächlich an Station 5A vorbei, bevor es weiter zu ihrer alten Station ging. Dabei musste ihm der Rauch aus dem Zimmer aufgefallen sein. Ob er wohl direkt zum Feuerlöscher gerannt war? Oder hatte er erst noch einen prüfenden Blick ins Patientenzimmer geworfen?

Ihre Fantasie verwandelte die vermutlich recht harmlose Szene in einen Actionfilm: Ernst Hartmann wie er mit zerrissenem Hemd und Feuerlöscher in der Hand die Zimmertür auftrat. Rauchwolken, die ihm entgegen-schlugen. Der Patient hilflos in einer Ecke des Zimmers, das Krankenbett lichterloh in Flammen. Ernst Hartmann warf sich lässig den immobilen Patienten über die Schulter und betätigte routiniert den ohrenbetäubend lauten Feuerlöscher. Die züngelnden Flammen versiegten langsam, während Ernst Hartmann sich eilig, den Patienten auf der Schulter balancierend, aus dem verrauchten Zimmer zurückzog.

Genau so musste es passiert sein! Schade nur, dass sie nicht dabei gewesen war.

Luciana dachte kurz an all die anderen spektakulären Momente zurück, die sie verpasst hatte.

Einmal hatte ein Oberarzt der Inneren Medizin in der Notaufnahme einen Perikarderguss[1] entlastet. Luciana wusste inzwischen, dass dies kein sehr aufregender Eingriff war, aber damals, als Studentin, da hatte sie die Prozedur verpasst und in ihrem Kopf hatte das Ganze so ausgesehen, dass der Oberarzt eine riesige Spritze mit der Faust in den Burstkorb der Patientin gerammt hatte, prompt den richtigen Bereich getroffen hatte und circa einen Liter rötlich blutige Flüssigkeit aus dem Herzbeutel aspirierte. Warum der Oberarzt in ihrer Fantasie dabei oberkörperfrei und eingeölt gewesen war, konnte Luciana sich im Nachhinein nicht mehr erklären.

Ach ja, dachte sie, es war die FOMO. Die "*fear of missing out*", also die Angst, etwas zu verpassen, die ihr diese Tagträume (konnte man um drei Uhr nachts überhaupt von Tagträumen reden oder handelte es sich dann um Nachtträume?) bescherte. Sobald sie selbst bei einer Situation anwesend war, erschien sie gleich viel weniger

---

[1] Perikarderguss: Krankhafte Flüssigkeitsansammlung zwischen Herz und Herzbeutel. Dies kann die Funktion des Herzens beeinträchtigen.

106

spannend.

Einmal, im chirurgischen Praktikum, war eine Patientin mit "*Messer in der Brust*" angekündigt worden und Luciana hatte sich schon die spektakulärsten Bilder ausgemalt. Ein ellenlanges Messer, das sowohl Herz als auch Lunge erwischt hatte. Lebensbedrohlich und eine unmittelbare Not-OP-Indikation!

Als die Patientin ankam, hatte sie ein etwa drei Zentimeter langes Messer quer im Fettgewebe ihrer weiblichen Brust stecken. Luciana erinnerte sich an das seltsame Gefühl der Desillusion.

Aktuell, nämlich als Ärztin und nicht mehr als Studentin, hatte sie dieses Gefühl in solchen Situationen nicht mehr. Im Gegenteil, sie war erleichtert, wenn sich etwas als weniger gravierend als wie zunächst erwartet entpuppte.

Der angekündigte Hirninfarkt mit Halbseitenlähmung und Sprachstörung, der in Echt nur eine faziale Parese[1] mit verwaschener Aussprache war, zum Beispiel.

Doch trotzdem kam sie nicht um den Film des heroischen Firefighters Privatdozent Doktor Ernst Hartmann herum. Dabei konnte man ja meinen, dass sie bereits genug Aufregung in ihrem Leben hatte. Sollte sie sich nicht eher nach Idylle und Ruhe sehnen?

Bei diesen Gedanken wurden Lucianas Augenlider ganz schwer und sie wollte gerade die Augen schließen, da ging ihr Pieper los. Stroke-Alarm.

---

[1] Faziale Parese: Lähmung einer Gesichtshälfte auf Grund einer Nervenschädigung, oft durch Entzündung, die meist rückstandslos wieder abheilt.

21. Die Geschichte wie der Stift zu seinem Namen kam

Stroke-Alarm. Luciana richtete sich auf, schnappte sich den Pieper und eilte in die Notaufnahme.

Dass sie nachts sowohl für Normalstation (Station 5B) als auch für die Stroke-Unit und die Notaufnahme zuständig war, hatte zur Folge, dass ein kurzes Nickerchen meist ein Ding der Unmöglichkeit blieb.

In der Notaufnahme angekommen, sah Luciana bereits den Rettungsdienst inklusive Patiententrage in den Schockraum fahren. Gehetzt folgte sie ihnen und stellte sich als Ärztin der Neurologie vor.

Normalerweise war Luciana bemüht, vor dem Rettungsdienst im Schockraum zu sein. So konnte sie noch mal durchatmen, checken welche Pflegekraft an ihrer Seite war und vor allem: Sich schon mal am PC anmelden. Für all dies war nun keine Zeit.

Die Mitarbeiter des deutschen roten Kreuzes erklärten kurz, was vorgefallen war und Luciana stellte entnervt fest, dass sie ihr geliebtes Klemmbrett im Arztzimmer hatte liegen lassen. Eigentlich eine weitere heilige Kombination: Luciana im Dienst und ihr Klemmbrett.

Es hilft ja nichts, dachte sie und begann, sich Notizen auf einem Einmalhandschuh zu machen. Die blaue Tinte des Kugelschreibers war auf dem gleichfarbigen Gummi-hintergrund jedoch kaum sichtbar.

Mit ihrer freien Hand versuchte sie, sich zeitgleich am PC anzumelden, den Fall im Patienteninformationssystem aufzurufen und dort ihre Notizen zu vervollständigen.

Doch es wollte ihr nicht gelingen, da der blöde Gummihandschuh immer wieder wegrutschte und als Papierersatz einfach nicht taugte.

Die Rettungsdienstler, zwei müde aber motiviert aussehende Gestalten, hatten ihren Bericht beendet und sahen Luciana erwartungsvoll an.

Sie trat an die Trage und sprach den Patienten an. Nun galt es, präzise und vor allem schnell, den NIHSS Score zu erheben und anschließend den Patienten ins CT nebenan zu bringen. Bevor die CT-Bildgebung jedoch durchgeführt werden konnte, musste Luciana die Radiologieanforderung am PC ausfüllen und die zuständige Neuroradiologin, die in einem Zimmerchen nebenan saß, musste zustimmen. Dann würde anhand des Bildes bestimmt werden, ob es sich um eine Hirnblutung oder einen Hirninfarkt handelte. Zeitgleich würde Luciana versuchen, ihren Hintergrund, heute war es ausgerechnet Professor Doktor Alois Mäcker, telefonisch zu erreichen und ihm den Fall kurz vorstellen, damit dieser – im Falle eines Hirninfarkts - die Entscheidung zur Akuttherapie der Thrombolyse[1] fällte und gegebenenfalls weitere Bildgebung anordnete.

Sollte es zur Thrombolyse kommen, so musste Luciana das Gewicht des Patienten abschätzen und eine dementsprechende Dosis des Medikaments an die Pflegekraft weitergeben, welche das teure Pulver dann in Lösung brachte. Außerdem musste dem Patienten eine

---

[1] Thrombolyse (oder kurz: Lyse) : Starke Blutverdünnung, die den für den Infarkt ursächlichen Blutpfropf auflösen soll. Wird über die Vene als Infusion verabreicht.

Venenverweilkanüle gelegt werden, damit er das rettende Medikament als Tropf bekommen konnte.

Die Zeitspanne von "*Patiententrage fährt über die Schwelle der Notaufnahme*" bis zu "*Thrombolyse läuft über eine Vene in den Patienten*" wurde minutiös festgehalten und statistisch ausgewertet. Sie wurde "*door to needle time*" genannt.

Etwa zweiwöchentlich veröffentlicht Doktor Benedikt Bernstein die aktuellen *door to needle times* in einer Rundmail und war sich auch nicht zu schade darum, direkt bei der jeweiligen Behandelnden nachzuhaken, wenn die erfasste Zeit einmal überdurchschnittlich lang war. Und das war bereits ab über zwanzig Minuten der Fall.

Dieses Wissen und diesen Druck im Hinterkopf sprach Luciana Vallejos Mella den Patienten an. Nachdem sie sein Alter und den aktuellen Monat erfragt hatte, begann sie mit der Überprüfung der Sprachfunktion dergestalt, dass sie ihm ihren Kugelschreiber vor die Nase hielt und fragte:

»Wie heißt dieser Stift?«

Verwirrt starrten sowohl der Patient als auch die beiden Rettungsdienstmitarbeiter den ziemlich alltäglichen blauen Kugelschreiber an.

Luciana ließ voller Selbstenttäuschung die Schultern sinken und seufzte laut.

Er heißt natürlich Herbert, dachte sie bei sich und ärgerte sich über ihren Versprecher. Eigentlich hatte sie "*wie heißt dieser Gegenstand?*" fragen wollen. Die richtige Antwort wäre folglich "*Stift*" oder "*Kugelschreiber*" gewesen.

Resigniert sah sie sich im Raum nach anderen

110

Alltagsgegenständen um, die sie abfragen konnte und zog schließlich ihr Diensttelefon aus der Kasaktasche.

»Wie nennt man das hier?«, fragte sie den Patienten und hoffte, dass diese Arzt-Patienten-Beziehung noch irgendwie zu retten war.

»Ein Telefon«, antwortete der Patient brav und Luciana nickte erleichtert.

Keine Sprachstörung erkennbar.

22. Die Geschichte des heiligen Antonius

Doktor Benedikt Bernstein war auf der Suche. Auf der Suche nach einer Frau. Auf der Suche nach der Anerkennung seiner Kollegen. Auf der Suche nach einer neuen, eines Oberarztes würdigen Wohnung. Aber vor allem war er auf der Suche nach einer Akte.

Im digitalen Zeitalter, indem sie sich aktuell befanden, fand Doktor Benedikt Bernstein es erstaunlich, dass er sich tatsächlich noch nicht-virtuell, also IRL (in real life), auf die Suche nach einer Papierakte begeben musste. Sollte das inzwischen nicht alles im Patienteninformationssystem festgehalten worden sein? Warum geschah im Bunker noch immer so vieles auf Papier?

Als Oberarzt war er zuständig für die Briefkorrektur. Die Assistenzärzte schrieben die Arztbriefe der Stroke-Unit, signierten sie und schickten sie anschließend – digital – zu ihm, damit er entweder zufrieden seine eigene digitalisierte Unterschrift daruntersetzen konnte oder den Brief unzufrieden mit Korrekturnotizen zurückschicken konnte.

Als dritte Instanz kam dann noch der Chef, der alle Briefe aller Stationen Korrektur las und signierte. Sandra, seine Sekretärin, druckte anschließend die Briefe und versandt sie an die angegebene Adresse.

Selbstverständlich konnte der Chef nicht wirklich alle Briefe sämtlicher Stationen Korrektur lesen. Er musste sich auf seine Oberärzte verlassen; war deren Unterschrift vorhanden, so signierte auch er und der Brief ging raus.

Jeden Monat wurde von Sandra die allseits gefürchtete

112

Briefliste per Rundmail verschickt. Die Briefliste war eine digitale Wall of Shame, auf der diejenigen Ärzte, die zu lange für einen Arztbrief gebraucht hatten, namentlich und für alle sichtbar veröffentlicht wurden. Zu lange bedeutete: Länger als drei Wochen.

Auch als Oberarzt war man vor dieser öffentlichen Läuterung nicht gefeit, war man doch in zweiter Instanz für die Briefe verantwortlich.

Diesen Monat, Mai zweitausendzweiundzwanzig, war Doktor Benedikt Bernstein zum ersten Mal als Oberarzt auf der Briefliste gelandet! Und das nur wegen einer verlorenen Akte.

Doktor Benedikt Bernstein hatte bereits an allen erdenklichen Stellen nach besagter Akte gesucht: Auf dem Stationsstützpunkt, im Arztzimmer, in seinem Büro und im Aktenlager der Chefsekretärin. Ja, er hatte sogar schon den heiligen Antonius, den Schutzpatron der Suchenden, um Hilfe gebeten. Er war zwar weder gläubig noch abergläubig, aber schaden konnte es auch nicht. Er kannte diesen Brauch von seiner Mutter, die stets die Wirksamkeit des heiligen Antonius anpries. Vier von fünf Mal hatte seine Mutter das Gesuchte noch rechtzeitig gefunden, nachdem sie den heiligen Antonius mit ins Boot gezogen hatte. Eine empirische Fallstudie quasi, dass Antonius wirkte, dachte Benedikt grimmig. Nun ja... er war verzweifelt.

Eigentlich hätte die Akte von einem der Assistenzärzte in sein Fach gelegt worden sein sollen. Sobald die Briefe virtuell an ihn in Korrektur geschickt wurden, mussten die Akten IRL in sein Fach gelegt werden, damit er gegebenenfalls noch Unterlagen wie alte Arztbriefe (die

113

übrigens per Fax vom Hausarzt übermittelt wurden) und EKG-Ausdrucke überprüfen konnte. Meistens brauchte er die Dokumente für den Brief gar nicht, dieses Mal allerdings schon. Und ausgerechnet diese spezielle Akte entpuppte sich nun als hoffnungslos verschollen.

Bei diesem Gedanken fiel ihm schlagartig ein, dass es eigentlich überhaupt nicht seine Aufgabe war, nach Akten zu suchen. Nein, er war immerhin Oberarzt! Die Akte musste in seinem Fach sein. Punkt. Wenn sie da nicht war, musste sich der Assistenzarzt darum kümmern. Sollten doch andere den heiligen Antonius anrufen!

Beflügelt von der Idee, zumindest eine seiner Suchen an jemand anderes abdrücken zu können, setzte er sich an seinen Computer. Plötzlich hatte er es eilig, das Thema der verlorenen Akte ad acta zu legen. Etwas zerfahren verfasste Doktor Benedikt Bernstein eine Rundmail an die Assistenten. Ohne sie noch einmal durchzulesen, drückte er auf "Senden" und fühlte sich, als habe er sich soeben von einer großen Last befreit.

23. Die Geschichte des Kommunikations-fehlschlagsberichts

Es war Ende Mai und im Bunker war es brütend heiß. Luciana Vallejos Mella saß auf einem Hocker in der Notaufnahme und der Geruch von Schweiß zog durch ihre Nase. Ob es ihr eigener Schweiß oder der, der vielen Patientinnen um sie herum war, den sie roch, vermochte sie nicht zu eruieren. Vermutlich war es eine Mischung aus beidem.

Die Notaufnahme war mal wieder brechend voll und die Patientinnen stapelten sich auf Liegen im Flur. Eine Unglücksseele hatte den undankbaren Platz an der Schwingtür des Notaufnahmeeingangs erwischt, so dass jedes Mal, wenn jemand die Notaufnahme betrat, die Tür gegen ihre Liege gestoßen wurde.

Die Geräuschkulisse war so kakophon, dass man allein davon schon Kopfschmerzen bekommen konnte. Das Piepen der Überwachungsmonitore; Diensttelefone, die unablässig in verschiedenen Klingeltönen bimmelten und natürlich das Rufen der Patientinnen, aber auch das des Klinikpersonals hallten durch die vom Neonlicht gleißend helle Notaufnahme.

Luciana fiel es schwer, unter solchen Bedingungen einen klaren Gedanken zu fassen, geschweige denn eine vernünftige Verlegungsepikrise aufs virtuelle Papier zu bringen. Sehnsüchtig dachte sie an ihre Zeit auf der Normalstation 5B zurück, mit einem ruhigen Arztzimmer abseits des Trubels. Ja, sie wünschte sich sogar Lars' geschäftiges Gebrabbel zurück. Alles, einfach alles, war

115

besser als das hier.

Da hob sich ein weiteres Geräusch aus dem Lärmpegel hervor. Es war ein kurzes, aber eindeutiges *Pling* und auf Lucianas Computer ploppte eine neue Mail auf. Sie war von Doktor Benedikt Bernstein an alle:

Liebe Assistenten,

bitte die Briefe zeitnah fertig stellen und an mich schicken. Die entsprechenden Akten gehören umgehend in mein Fach. Nur wenn Akte überhaupt nicht auffindbar, kurze Notiz an mich... aber wo kann sie dann sein?

LG

Benni

Luciana staunte nicht schlecht. Aber wo kann sie dann sein? Das war natürlich die Gretchenfrage!

Sie erlaubte sich ein kleines Grinsen. Genau solche Perlen der Prosa waren der Grund, weshalb sie selbst jede Mail mehrmals durchlas, bevor sie sie abschickte. Vor allem bei Rundmails. Luciana freute sich schon ein bisschen darauf, Emmi bei ihrem nächsten Telefon-Kaffee-Date davon zu erzählen.

Aber gut. Sie hatte auf der Briefliste nachgesehen und war selbst zum Glück nicht am virtuellen Pranger gelandet, so dass sie das Mail Pop-up getrost wegklicken konnte.

Stattdessen griff sie zum Telefon und versuchte es

116

erneut in der Hausarztpraxis ihrer Patientin. Sie brauchte unbedingt den aktuellen Medikamentenplan.

Als sie es durch die Warteschleife geschafft hatte, war endlich eine menschliche Stimme am anderen Ende. Luciana erklärte kurz die Situation und bat um Auskunft über die gegenwärtige Dauermedikation der gemeinsamen Patientin. Doch die Stimme forderte vorab eine Einverständniserklärung der Patientin zur Datenweitergabe. Es blieb Luciana nichts anderes übrig, als sich seufzend die Faxnummer der Praxis geben zu lassen. Dann legte sie auf.

Prinzipiell hatte die Dame am anderen Hörerende natürlich Recht. Es könnte ja jeder anrufen und sich nach sensiblen Daten erkundigen. Gut, nicht jeder konnte von der Blatikmünder Universitätsklinik aus anrufen, aber trotzdem. Luciana fand im Intranet einen Vordruck besagter Einwilligungserklärung und ließ die Patientin den Wisch unterschreiben. Anschließend stellte sie sich an das Faxgerät. In solchen Momenten wünschte sie sich ein Stationssekretariat – oder in diesem Fall ein Notaufnahmesekretariat – herbei, das ihr solche Formalitäten abnehmen würde.

Sie gab die Faxnummer ein und – wutsch - wurde das Dokument durch die Maschine gezogen. Luciana blieb noch eine Weile an dem Gerät stehen und wartete unruhig hin und her wippend auf die Sendebestätigung.

Aus dem Ohrenwinkel hörte sie eine ihrer Patientinnen um Hilfe rufen. Die arme Frau war dement und vergaß zuweilen, dass sie sich im Krankenhaus befand. Luciana war schon mehrmals auf ihre Hilferufe eingegangen und hatte versucht, die Patientin zu beruhigen. Dieses Mal würde sie es allerdings der Pflege überlassen, sich um sie zu kümmern.

Doch da hörte Luciana eine nicht weit entfernte Männerstimme auf die Hilferufe antworten.

»Keine Sorge, ich komme! Ich eile Ihnen zu Hilfe!«, tönte es über den Flur und Luciana erkannte die Stimme eines Patienten aus der chirurgischen Abteilung, den sie konsiliarisch bei Delir mitbeurteilt hatte.

Da wird doch die Ärztin in der Pfanne verrückt!, dachte Luciana kopfschüttelnd. Hoffentlich versuchte der Herr nicht gerade, aus dem Bett zu klettern. Mit seiner ausgekugelten Hüfte, würde er zwar nicht weit kommen, aber vielleicht weit genug, um über das Bettgitter zu fallen und sich eine weitere Verletzung zuzuziehen.

Gerade als Luciana nach dem heroischen Helfer sehen wollte, meldete sich das Faxgerät zu Wort. Ein bedrucktes Papier erschien in der Ablage.

Luciana Vallejos Mella nahm es an sich und las.

"Kommunikationsfehlschlagsbericht" stand da als Überschrift. Das Fax konnte nicht zugestellt werden.

Sie vergrub das Gesicht in ihren Händen und schüttelte verzweifelt den Kopf. Treffender konnte man diesen Tag wohl nicht zusammenfassen.

118

24. Die Geschichte um Leben und Tod

Luciana war bereits seit über einem halben Jahr auf der Stroke-Unit und in der Notaufnahme eingeteilt, als sie scheinbar urplötzlich mit dem Tod und damit einhergehenden unmöglichen Entscheidungen konfrontiert wurde.

Im Nachhinein würde Luciana Vallejos Mella froh sein, dass Herrn Ölmez' Ankunft auf der Stroke-Unit genau in die Übergabezeit fiel. Im Moment der Übergabe selbst jedoch empfand Luciana jede Unterbrechung als störend und es überkam sie stets das Gefühl, dass, wenn eine Schicht schon mit außerplanmäßigen Unterbrechungen begann, es auch genau so chaotisch weiter gehen würde.

Es war neunzehn Uhr dreißig und ihre Kollegin Grete Kettler hatte ihr gerade die Stationsliste ausgehändigt, als Friede, die im Notaufnahmedienst war, Herrn Ölmez auf die Stroke-Unit schob.

»Ich bringe euch Herrn Ölmez, zweiundsechzig Jahre alt. Kam mit Übelkeit, Schwindel und Gangunsicherheit. Große Kleinhirnblutung rechts, wahrscheinlich auf Grund einer hypertensiven Entgleisung[1]. Die Neurochirurgen meinen, sie wollen erst mal abwarten, wie er sich klinisch macht, bevor sie eine operative Entlastung in Erwägung ziehen. Deshalb ist es jetzt unser Patient. Verlegungsbrief mach ich euch fertig, sobald ich kann. Ist ganz schön was los da unten. Muss auch direkt wieder weiter, sorry.«

Friede verließ die Station ebenso hektisch zerstreut,

---

[1] Hypertensive Entgleisung: Stark erhöhter Blutdruck.

119

wie sie sie betreten hatte. Luciana und Grete sahen sich stumm an. Schließlich sagte Luciana:

»Sollen wir uns das Bild mal anschauen?«

Grete nickte, öffnete mit einigen Klicks die CT-Aufnahme und scrollte durch die einzelnen Schichtbilder bis hin zum Kleinhirn. Eine massive Blutung mit Ventrikeleinbruch[1].

»Ich kann mir gar nicht vorstellen, dass man bei so einem Befund noch wach ist«, wunderte sich Luciana.

»Stimmt. Lass uns vielleicht mal kurz zusammen zu Herrn Ölmez. Ich denke wir sollten ganz dringend die weiteren Maßnahmen mit ihm besprechen, bevor er uns wegdämmert«, schlug Grete vor und Luciana schickte einen gedanklichen Dank an Gott, das Universum, oder wen auch immer, dass sie diese Unterhaltung nicht allein würde führen müssen.

Herr Ölmez lag wach in seinem Krankenbett und begrüßte die beiden Ärztinnen mit einem kurzen Lächeln. Als sein Blick sich ihnen zuwandte, zuckten seine Augen immer wieder in eine Richtung, als ob er in einem Zug säße und aus dem Fenster schaue. Klassischer Blickrichtungsnystagmus. Auf seinem Bett lag vorsorglich ein noch leerer Brechbeutel.

Nach einer kurzen Anamnese und Untersuchung öffnete Luciana das CT Bild auf dem Monitor, der neben dem Bett befestigt war und zeigte es dem Patienten. Gemeinsam versuchten die beiden Ärztinnen Herrn Ölmez die Schwere seiner Situation verständlich zu machen.

---

[1] Ventrikeleinbruch: Die Blutung reicht über das Hirngewebe hinaus bis in die mit Nervenwasser gefüllten Hohlräume.

120

»Es ist so, Herr Ölmez«, begann Luciana, »Sie sehen hier Ihr Gehirn.« Sie deutete auf den Monitor.

»Und alles, was hier so grell weiß aussieht, ist Blut, was da nicht hingehört. Jetzt ist es so, dass in unserem Kopf nur begrenzt Platz ist, weil der Schädelknochen sich nicht ausdehnen kann, der ist fest.«

Zur Verdeutlichung klopfte Grete sich an ihre Schläfe und übernahm:

»Durch das ganze Blut in Ihrem Kopf steigt also der Druck in Ihrem Schädel und quetscht sozusagen Ihr Gehirn ein. Und im schlimmsten Fall kommt es zur so genannten unteren Einklemmung. Das bedeutet, dass lebenswichtige Teile Ihres Gehirns so sehr gegen die harten Strukturen des Schädels gedrückt werden, dass sie ihre Funktion verlieren.«

Herr Ölmez versuchte konzentriert den Monitor zu fixieren, doch der Nystagmus machte dieses Vorhaben zu einem Ding der Unmöglichkeit. Nach einer Weile, sah er zu den beiden Ärztinnen herüber und fragte erstaunlich gefasst:

»Was bedeutet das jetzt für mich?«

»Das bedeutet, dass es sehr wahrscheinlich ist, dass Sie in der nächsten Zeit das Bewusstsein verlieren werden und im Verlauf auch Ihre Atmung aussetzen wird, weil das Atemzentrum ebenfalls von der Einklemmung in Mitleidenschaft gezogen wird.«

Luciana machte eine kurze Pause, bevor sie fortfuhr:

»Wenn es so weit kommt, gibt es die Möglichkeit, dass unsere Kolleginnen von der Neurochirurgie das Blut in Ihrem Kopf operativ entfernen.«

Herr Ölmez schluckte schwer.

»Eine Operation am Gehirn?«

Grete nickte und fügte hinzu:

»Genau. Das wirkt jetzt alles sehr beunruhigend, aber wir behandeln häufig Hirnblutungen und ein solcher Eingriff ist in der Neurochirurgie reine Routine. Trotzdem birgt eine Operation natürlich Risiken und bedeutet auch, dass sie mehrere Wochen bis Monate hier in unserer Klinik und später dann auch in einer Rehabilitations-Klinik verbringen werden.«

»Wir erzählen Ihnen das alles, weil wir von Ihnen eine Entscheidung brauchen, ob Sie diese OP wollen oder nicht. Wenn Sie sich gegen eine Operation entscheiden, dann werden Sie bei einer Einklemmung ziemlich sicher versterben«, übernahm Luciana.

In diesem Moment griff Her Ölmez nach der Kotztüte und übergab sich. Luciana reichte ihm ein Papiertuch, während Grete eine frische Tüte aus dem Schrank zog und diese diskret griffbereit auf Herrn Ölmez' Bett platzierte.

»Ich... ich möchte erst mit meiner Frau darüber sprechen«, brachte Herr Ölmez gepresst hervor, während er sich den Speichel von seinen Lippen wischte.

Luciana und Grete tauschten kurz besorgte Blicke, dann äußerte Grete, was sie beide dachten:

»Das geht leider nicht, Herr Ölmez. Wissen Sie, wenn wir uns Ihr CT-Bild ansehen, dann sind wir sehr überrascht, dass wir diese Unterhaltung gerade überhaupt mit Ihnen führen können. Bis Ihre Frau hier ist, kann es sehr gut sein, dass Sie uns Ihre Entscheidung nicht mehr mitteilen können.«

»Haben Sie sich in Ihrem Leben schon mal Gedanken um solche lebensbedrohlichen Situationen gemacht? Haben Sie vielleicht mal eine Patientenverfügung ausgefüllt?«, fragte Luciana hoffnungsvoll, doch Herr Ölmez verneinte.

Es schien, als sickere der Ernst der Lage langsam zu ihm durch. Seine Augen füllten sich mit Tränen, doch er wischte sie eilig mit ungelenken Bewegungen weg.

»Werde ich nach der Operation wieder ganz der Alte sein?«, fragte er mit leiser Zuversicht in der Stimme.

»Das ist schwer zu sagen, Herr Ölmez. Sie werden wie gesagt einen langen Weg der Rehabilitation vor sich haben. Mit viel Physio- und Ergotherapie. Aber ein Teil Ihres Gehirns ist schon jetzt geschädigt und wird sich vermutlich auch nicht mehr erholen«, antwortete Luciana.

Eine Weile herrschte eine erdrückende Ruhe in dem Patientenzimmer. Nur das Piepen des Übersichtsmonitors am Stationsstützpunkt drang leise bis zu ihnen hindurch, als wollte es sie daran erinnern, dass die Welt außerhalb dieses Zimmers sich normal weiterdrehte, während hier drin alles still zu stehen schien. Schließlich brach Herr Ölmez das Schweigen:

»Aber was genau bedeutet das? Werde ich mein Leben wie bisher leben können oder werde ich für immer behindert sein?«

Luciana spürte, wie sich ein Kloß in ihrem Hals bildete. Sie versuchte, ihn mit Schlucken zu vertreiben, doch ihr Mund war staubtrocken. Sie hatte keine Antwort auf diese durchaus berechtigte Frage. Wie konnte sie von diesem Menschen erwarten, dass er ad hoc eine Entscheidung über Leben und Tod traf, ohne ihm sichere Informationen über die Konsequenzen geben zu können. Doch das Outcome nach einer operativen Entlastung unterlag so vielen Variablen, dass sie ihm schlicht und ergreifend keine valide Vorhersage bieten konnte. Und so unmöglich diese Entscheidung auch war, so war es doch besser, dass Herr Ölmez sie selbst traf. Er musste sich einfach festlegen, bevor die Situation sich dergestalt änderte, dass sie, Luciana, gezwungen wäre, für ihn zu entscheiden.

Schließlich, zwischen all den Überlegungen und mentalen Ausflüchten, dass doch besser diejenigen Ärztinnen, die eine solche Operation auch tatsächlich durchführten und entsprechende Erfahrung damit hatten, dieses Gespräch führen sollten, fasste Luciana einen hilfreichen Gedanken:

»Ich kann Ihre Frage so leider nicht beantworten, Herr Ölmez. Aber ich denke, wir«, sie warf einen kurzen Blick zu Grete, »können Ihnen ein bestes und ein schlechtestes postoperatives Szenario beschreiben. Irgendwo dazwischen, liegt dann vermutlich die Realität.«

Luciana sah aus dem Augenwinkel, dass Grete neben ihr zustimmend nickte. Dann fuhr sie fort:

»Also im schlechtesten Fall, abgesehen davon, dass Sie versterben; das würde ich jetzt mal ausklammern... Also im schlechtesten Fall sind Sie nach der Operation bettlägerig, brauchen Hilfe bei der körperlichen Hygiene und im Alltag und können sich vielleicht sogar nicht mehr richtig verständigen.«

Sie machte eine kurze Pause und blickte nach Anmerkungen suchend zu Grete. Diese schien kurz zu über-

124

legen und nickte dann bekräftigend.

»Okay«, sagte Luciana, »so viel zum schlechtesten Fall. Im besten Fall, würde ich sagen, können Sie nach der Reha zurück in Ihre Wohnung. Sie können sich selbst versorgen und klar verständigen. Es wird wahrscheinlich eine Restunsicherheit beim Gang zurückbleiben, so dass ich denke, dass sie einen Rollator als Gehhilfe brauchen werden.«

Luciana verstummte. Da Grete abermals nickte, wandte sie sich Herrn Ölmez zu, welcher ungewöhnlich gefasst aussah.

»Ich möchte keinen Rollator«, sagte er fest. Die beiden Ärztinnen sahen ihn erstaunt an.

»Wir haben ganz viele Patientinnen, die sehr gut mit einem Rollator zurechtkommen. Wie bei allem, muss man sich erst mal eine Zeit lang daran gewöhnen, aber dann kann man sehr gut mit einem Rollator leben«, setzte Grete an.

»Nein«, erwiderte Herr Ölmez resolut, »für mich ist das nicht lebenswert.« Nach kurzem Zögern setzte er hinzu:

»Ich hatte ein gutes Leben. Ich möchte nur gerne meine Frau noch einmal sehen.«

25. Die Geschichte der M&Ms

Als Kind hatte Benedikt Bernstein m&m's geliebt. Die knackige Erdnuss ummantelt von Schokolade, gekrönt mit dem Überzug in vielen verschiedenen Kolorierungen. Einfach köstlich. Ein farbenfroher Snack!

Auch heute noch bestellte Doktor Benedikt Bernstein sich im Kino m&m's und verzichtete nur allzu gern auf meist eh schon labberiges Popcorn.

Seit er allerdings am Bunker arbeitete hatte der Begriff M&M eine zweite Bedeutung gewonnen. Es handelte sich um die Morbidität- und Mortalitätskonferenz, die etwa einmal pro Quartal abgehalten wurde.

Die Morbidität ist ein statistischer Wert für die Häufigkeit einer Erkrankung, während die Mortalität die Todeshäufigkeit beschreibt. Die M&M-Konferenzen waren dazu gedacht, rückblickend auf Komplikationen und unglückliche Behandlungsabläufe zu blicken und eventuelle Systemfehler zu demarkieren.

Doch, wenn Benedikt Bernstein ganz ehrlich war, gaben sie ihm eher das Gefühl, dass nach einem Behandlungs-fehler der Verantwortliche gesucht wurde. Und der Verantwortliche war in aller Regel einer der Assistenz-ärzte. Nur selten traf diese Schmach einen der Oberärzte. Und der Chef? Tja, als Chef konnte man partout nichts falsch machen. Wenn der Chef einen Fehler beging, dann war das unvermeidbar und wäre absolut jedem so passiert. Ein ungeschriebenes Gesetz, das dem gesamten Klinikpersonal bekannt war und allgemein für alle Chefärzte aller Fachrichtungen überall galt.

126

Doktor Benedikt Bernstein saß in seinem Büro und lehnte sich im Schreibtischstuhl zurück, während er seinen Hinterkopf in die gefalteten Hände stützte. Die Pose hatte er sich von Luciana abgeschaut. Kurz wanderten seine Gedanken zu der jungen Kollegin, die nun schon über ein halbes Jahr lang ganze Arbeit auf seiner Station - der Stroke-Unit – leistete. In letzter Zeit schien irgendetwas an ihr verändert. Genauer konnte er es jedoch nicht in Worte fassen. Er ließ den Gedanken wie eine Wolke am Himmel davonschweifen und widmete sich wieder seiner eigentlichen Aufgabe: Einen Fall für die M&M-Konferenz auszusuchen. Dazu hatte Professor Doktor Alois Mäcker ihn verdonnert, nachdem er als einziger Oberarzt auf der Briefliste gelandet war.

Widerwillig richtete Benedikt sich auf, tippte die Maus an und erweckte damit den Bildschirm zum Leben. Behände gab er sein Passwort ein und öffnete das Patienteninformationssystem, um sich auf die Suche nach einem geeigneten Fall zu begeben.

Doch bevor er sich in die Patientenliste einarbeiten konnte, ploppte ein Pop-Up auf und versperrte ihm die Sicht:

Ihr Passwort verfällt in 5 Tagen.

Bitte legen Sie rechtzeitig ein neues Passwort fest.

Passwort ändern   Jetzt nicht

Doktor Benedikt Bernstein entfuhr ein kleiner Seufzer.

Schon seit mehreren Wochen schob er die Passwort-erneuerung vor sich her. Er wollte den Mauszeiger schon aus reiner Gewohnheit in Richtung "*Jetzt nicht*" schieben, als er es sich anders besann. Die Aussicht, einen M&M-Fall zu suchen, war tatsächlich noch unattraktiver, als sich ein neues Passwort zu überlegen.

Als er auf "*Passwort ändern*" klickte, öffnete sich ein neues Dialogfenster, in das er zunächst sein altes Passwort eingeben musste und anschließend ein neues, welches er noch einmal wiederholen musste.

Doktor Benedikt Bernstein überlegte kurz und entschied sich für einen Klassiker: *bunker2020*, das Jahr an dem er die Oberarztstelle bekommen hatte.

Der Computer ließ ein unzufriedenes Geräusch vernehmen und das Feld, in das er sein neues Passwort eingegeben hatte, erschien auf einmal rot hinterlegt.

Das Passwort war wohl nicht stark genug. Benedikt verdrehte genervt die Augen. Er hasste die Anforderungen, die irgendwelche Softwares an seine Passwörter stellten. Sie erinnerten ihn an die komplizierten Trank-zubereitungen in den Videospielen, die er so gerne abends auf dem Sofa spielte:

Ein starkes Passwort muss mindestens ein Sonder-zeichen, ein Blutopfer, die Tränen einer Süßwasser-nymphe und ein schwaches Passwort enthalten.

Bei dem Gedanken daran musste er ein wenig schmunzeln. Er lehnte sich erneut auf seinem Stuhl zurück und grübelte kurz. Dann versuchte er es abermals, diesmal mit einer anderen Kombination:

Gefangen.im.Bunker_2020

Das Feld färbte sich grün, das Dialogfenster schloss sich und Doktor Benedikt Bernstein nickte zufrieden. Quest erfolgreich abgeschlossen. Neue Quest: Auf der Suche nach einem M&M-Fall.

26. Die Geschichte des Extra-Käses

Luciana Vallejos Mella schaute in den angelaufenen Spiegel der Umkleidekabine des Bunkers und hatte das Gefühl, ein Vampir blicke zurück. Da Vampire jedoch bekanntermaßen kein Spiegelbild besaßen, musste es sich wohl um eine ausgelaugte Version ihrer selbst handeln, die ihr da aus dem Spiegel entgegenstarrte. Sie hatte adrige Augen und dunkle, ausschweifende Augenringe. War da etwa ein graues Haar, das sie in ihrem leicht fettigen Ansatz entdeckte?!

Das war es also. Achtundzwanzig und ein erstes graues Haar. Sicherlich konnte sie damit einen familiären Rekord aufstellen. Ihr Vater hatte erst mit stolzen sechzig Jahren graue Strähnen gezeigt und bei ihrer Mutter verhielt es sich ähnlich.

Luciana erkannte das Gesicht im Spiegel kaum wieder. Es schien wie eine ausgeblichene Version von ihr. Ausgewrungen, wie ein benutzter Putzlappen.

Kein Wunder, dass sie so aussah, schließlich fühlte sie sich auch so. Sie hatte in den vergangenen drei Wochen sage und schreibe sechzehn Nachtdienste gehabt und ähnelte eher einer blutsaugenden Nachtwandlerin als einer jungen Ärztin.

Das war auch der Grund gewesen, warum sie so bereitwillig für den heutigen Notaufnahmedienst eingesprungen war. Sie wollte endlich wieder Sonne sehen und unter den Lebenden wandeln.

Ihr Handy hatte sie gegen vierzehn Uhr am gestrigen Tage aus ihrem von Melatonin-Tabletten unterstützten

130

Schlaf gerissen. Sie musste vergessen haben, es lautlos zu stellen. Am Telefon war Grete gewesen und hatte sie gefragt, ob sie für einen erkrankten Kollegen einspringen könne. Luciana hatte eingewilligt. Sie war sowieso zu perplex und schwach für ein "Nein" gewesen und so war zumindest der ewige Nachtzyklus durchbrochen.

Wenn sie nun wieder in den Tagesrhythmus kam, so hoffte sie, würde ihr das Einschlafen vielleicht auch wieder leichter fallen. Noch immer hielten sie, sobald sie in ihrem Bett zur Ruhe zu kommen versuchte, die Erinnerungen an einzelne Schicksale fest. Besonders präsent war ihr die Geschichte von Herrn Ölmez, der bereits wenige Stunden nach ihrem Gespräch verstorben war. Immerhin hatte er sich noch von seiner Frau verabschieden können.

Luciana Vallejos Mella riss sich vom traurigen Anblick ihres Spiegelbildes und den damit einhergehenden Gedanken los und atmete tief durch. Bevor sie sich den Mundnasenschutz aufsetzte, warf sie noch kurz eine Koffein-Tablette ein und betrat anschließend die anliegende Notaufnahme.

Der vertraute Geruch von Harnwegsinfekt, Desinfektionsmittel und Schweiß kroch langsam durch die Maske bis an ihre olfaktorischen Riechenden und vermittelte ihr ein unbehagliches Gefühl der Anspannung. Man konnte nie wissen, was einen erwartete.

Es war bereits Mittag, als Luciana ein Schockraumfall angekündigt wurde. Es handelte sich um einen jungen Patienten, der beim Sport mit einem Mitspieler zusammengestoßen war und dann – hier waren die

Angaben etwas vage – eventuell einen epileptischen Anfall erlitten habe. Er sei nun intubiert[1] und künstlich beatmet und auf den Weg zum Bunker. In wenigen Minuten würde er da sein.

Luciana stand am Schutzwagen und legte sich Einmalkittel, eine frische FFP2-Maske, Schutzbrille und Handschuhe an. Ein kleiner, etwas älterer Arzt gesellte sich zu ihr. Das musste der Unfallchirurg sein, den sie zu ihrem Schockraum dazu bestellt hatte.

Manchmal, wenn Fälle nicht ganz klar waren, konnte Luciana bei der Anmeldung auf wundersame Weiße andere Fachdisziplinen dazu bestellen. Wie extra Käse auf der Pizza.

Allerdings, getreu dem Motto "zu viele Birnen verderben den Brei", war es Luciana oft auch ganz recht, ihr eigenes Süppchen kochen zu können. Bei den Bestellungen, die sie dazu bekam, handelte es sich schließlich meist um Oberärzte, die dazu tendierten, durch ihren höheren Ausbildungsstand die Hierarchie des neurologischen Schockraums zu vergessen. Denn diese Hierarchie besagte, dass Luciana der Boss war. Oder zumindest das Sprachrohr des Bosses; der echte saß nämlich irgendwo in seinem Büro, schlürfte Kaffee und nannte sich telefonischer Hintergrund.

Der kleine, angegraute Mann, der sich neben ihr die Schutzausrüstung anzog, sah kurz zu Luciana herüber und sie nutzte die Gelegenheit, sich vorzustellen:

»Moin. Mein Name ist Vallejos, ich bin die Neurologin.«

---

[1] Intubieren: Einen Schlauch zur künstlichen Beatmung in die Atemwege einführen.

Beiläufig zeigte sie auf ihr Namensschild.

Der Mann nickte kurz und sagte knapp: »Barthel, Unfallchirurgie.«

Dann fügte er etwas unwirsch hinzu: »Wie war noch mal der Name?«

»Va-lle-jos«, wiederholte Luciana besonders deutlich und wollte gerade noch zur phonetischen Erklärung ansetzen ("*das doppel-L wird als J ausgesprochen*") als der Unfallchirurg Barthel die Augen verdrehte, auf dem Absatz kehrt machte und im Davongehen rief:

»Klasse, das kann sich ja jeder merken.«

Luciana war überrascht, dass er nicht auf seinem vor Sarkasmus triefenden Ton ausrutschte.

»Ich werde mir auf jeden Fall Ihren rassistischen Kommentar merken!«, rief sie ihm echauffiert hinterher und hatte Extra-Käse noch nie so sehr bereut. In ihren Ohren ertönte die Stimme Ihrer Mutter in feinstem Schwäbisch: "*Du glaubsch au, du wärsch der Käs', aber eigentlich stinksch bloß.*"

Im Schockraum tummelte sich eine Vielzahl an Mitarbeitenden. Nicht nur der Unfallchirurg war angefunkt worden, auch die Anästhesie war vertreten, immerhin war der Patient intubiert und beatmet. Außerdem war noch ein Oberarzt der Inneren Medizin anwesend, da nicht klar war, ob beim Zusammenstoß innere Verletzungen entstanden waren. Ein Ultraschall des Bauchraums sollte hierüber schnell und präzise Auskunft geben, während die Notärztin die Fallgeschichte erzählte:

Der Patient sei bei einem American-Footballspiel vom

Gegner zu Boden getackelt worden und sei liegen geblieben und nicht ansprechbar gewesen.

Gedanklich korrigierte Luciana brav in Ernst'scher Manier, dass der Patient sehr wohl ansprechbar gewesen war, er hatte vermutlich bloß nicht auf die Ansprache reagiert. Klassische Unwort-Floskel.

Anschließend habe der Patient angefangen zu zittern, wie genau oder wie lange konnte nicht beschrieben werden. Bei Eintreffen der Notärztin sei der Patient weiterhin bewusstlos gewesen, so dass sie ihn zum Schutz der Atemwege intubiert hatte.

Luciana seufzte innerlich. Ein intubierter Patient war so stark sediert, dass von der neurologischen Untersuchung nicht mehr viel übrig blieb. Sie wand sich durch das geschäftige Gewimmel, klopfte ein paar Reflexe ab, leuchtete in die Pupillen und meldete ein Schädel-CT an. Vielleicht war es auch gut so, dachte sie kurz, in dem ganzen Gerangel hätte sie eh keine ordentliche Untersuchung durchführen können.

Während der Patient auf die CT-Liege umgelagert wurde, betrachtete Luciana ihn gedankenverloren. Er war jung, von dunklem Teint... vermutlich sonnengebräunt. Er wirkte eher klein, wobei Luciana das in der Horizontalen betrachtet immer schwer einschätzen konnte, und ziemlich muskulös. Er sah jedenfalls um einiges gesünder und fitter aus als sie. Trotzdem lag er da, bewusstlos, während sie stand und über sein weiteres Schicksal entscheiden sollte.

Sie riss sich von dem Anblick los und gesellte sich in das angrenzende Befundungszimmer, wo Marco, der

134

Neuroradiologe, schon auf sie wartete.

In dem kleinen Raum wurde es bald proppenvoll, da alle Ärztinnen, Pflegekräfte und das Personal des Rettungsdiensts dort vor der Röntgenstrahlung Zuflucht suchten. Außerdem waren alle sehr neugierig, was das CT zeigen würde.

»Vielleicht hat er sich den Halswirbel beim Tackle gebrochen und jetzt drückt der Knochensplitter auf das Rückenmark«, spekulierte Barthel, der rassistische Unfallchirurg.

»Vielleicht hatte er einen epileptischen Anfall«, mutmaßte die Anästhesistin.

Vielleicht hatte er beim Footballspiel vor Aufregung und Anstrengung so hohen Blutdruck, dass er eine Hirnblutung bekommen hat, die den epileptischen Anfall ausgelöst hat, dachte Luciana und wählte schon mal die Nummer des Hintergrunds. Es war ernst.

Privatdozent Doktor Ernst Hartmann ging nach dem dritten Klingeln ans Telefon. Luciana saß auf dem Schreibtisch im Befundungszimmer und ließ die Beine baumeln, während sie Ernst kurz die Lage schilderte. Zeitgleich ploppte das CT auf und als sie ein Auge darauf warf, konnte sie keine Blutung erkennen.

Als sie Ernst Hartmann den Befund mitteilte, hatte sie das Gefühl, aus Platzmangel aus ihrem Körper zu schlüpfen und die Szenerie von oben zu betrachten:

»Also das CT ist jetzt da und wir sehen kein Blut«, sagte ihr Körper in den Telefonhörer des stationären Telefons auf Marcos Schreibtisch.

135

»Große Frakturen sehen wir auch nicht«, fuhr ihre Stimme fort, »es wird... hm?... ehm, ja, also er ist am siebzehnten Juli zweitausendvier geboren.«

Es folgte eine unangenehme Stille, in der alle Anwesenden Luciana anstarrten. Ausgenommen Marco, der höchst konzentriert durch das CT scrollte und versuchte, live zu befunden. Lucianas Augen hingegen fixierten die obere Ecke des Monitors, wo das Geburtsdatum stand und ihre Zähne nagten an ihrer Unterlippe. Dann formten sie einen Satz:

»Ernst, mich starren grad zu viele Leute an, ich kann das im Moment nicht ausrechnen.«

Erneut folgte Stille, wenn auch nicht so durchdringend wie zuvor, denn nun hatten die Bunkermitarbeitenden angefangen zu tuscheln und zu flüstern.

»Mhm«, ertönte Lucianas Stimme in dem Getuschel, »okay. Dann mache ich das so.« Die Stimme klang etwas resigniert, aber auch erleichtert.

Sobald der Hörer auf der Gabel landete, erreichte auch Lucianas Geist wieder ihren Körper und dergestalt wiedervereint sagten sie laut und deutlich in die Runde:

»Der Patient ist siebzehn Jahre und elf Monate alt. Die Neurologie behandelt Patienten ab achtzehn. Wenn Sie eine neurologische Einschätzung brauchen, müssen Sie sich an die Kinderneurologie wenden.«

Sie sah die empörten und ungläubigen Blicke allerseits und als sie den vor Wut hochroten Kopf des Unfallchirurgen erblickte, konnte sie nicht umhin mit einem schelmischen Grinsen hinzuzufügen:

»Grenzwerte sind dafür da, um eingehalten zu

werden.«

Behände sprang Luciana von der Tischkante und bahnte sich schuldbewusst den fassungslosen Blicken ausweichend einen Weg durch die anklagende Masse. Für einen kurzen Moment hatte sie das ungute Gefühl, Ernst Hartmann klopfe ihr anerkennend auf die Schulter.

27. Die Geschichte des Multi-Taskings

Es war ein lauer Junimorgen und Luciana Vallejos Mella anamnestizierte gerade Frau Dahlben, die vor etwa zwei Stunden mit Schwindel aufgewacht war.

Bereits zur Übergabe sieben Uhr dreißig hatte Luciana drei Fälle aus der Nacht übernommen. Zum einen war da Herr Munsch mit Verdacht auf Myasthenia gravis[1], der nur auf sein Bett auf der Station 5B wartete, dann Frau Graf, die Parkinson-Patientin, die aus dem Altersheim kam und irgendwie generell schlechter beisammen war als sonst, und zum anderen Herr Kuznetsova, der vermutlich einen epileptischen Anfall in der Nacht erlitten hatte und ebenfalls auf ein Bett auf Station 5B wartete.

Direkt nach der Übergabe hatte das Diensthandy geklingelt und Luciana hatte versucht, den dankbaren Gedanken festzuhalten, dass das blöde Ding immerhin nicht während der Übergabe gebimmelt hatte. Am Telefon war eine der Notaufnahmepflegerinnen gewesen, sie hieß Amelie, und hatte Luciana kurz von Frau Dahlben berichtet, die eben eingetroffen war.

»Soll ich da einen Stroke-Alarm draus machen? Ich meine, sie ist zwar vom Rettungsdienst nicht so angemeldet, aber bei Schwindel weiß man ja nie. Und mit zwei Stunden wäre sie ja noch im möglichen Lyse-Zeitfenster«, fragte Amelie.

»Ja, formal hast du natürlich recht. Weißt du was? Ich komme jetzt direkt runter und schau sie mir an und dann

---

[1] Myasthenia gravis: Eine autoimmune Erkrankung, die eine Störung der Reizübertragung von Nerv zu Muskel zur Folge hat.

138

können wir je nachdem den Stroke-Alarm auslösen.«

»Sind Sie denn direkt mit dem Schwindel aufgewacht oder kann es sein, dass Sie erst aufgewacht sind und der Schwindel kurz danach aufgetreten ist? Zum Beispiel, als Sie sich im Bett gedreht haben, oder versucht haben, aufzustehen?«, fragte Luciana Frau Dahlben.

Diese grübelte kurz und antwortete dann:

»Ja, naja. Doch. Ich glaube, ich bin aufgewacht, habe mich zu meinem Mann umgedreht und dann fing es an, mit dem Schwindel. Ganz fürchterlich, ich wusste gar nicht mehr, wo mir der Kopf steht.«

Luciana nickte und begann mit den klassischen HINTS-Tests, die eine Entscheidungsstütze gaben, ob der Schwindel eher von einer Störung im Gehirn ausging oder doch vom Innenohr, wo das Gleichgewichtsorgan lag. Allein von der Anamnese her, tippte Luciana jedoch auf Innenohr.

Ihre Intuition wurde durch die Untersuchung bestätigt und sie gab Amelie Bescheid, dass sie keinen Stroke-Alarm brauchten. Frau Dahlben schien einen benignen paroxysmalen Lagerungsschwindel[1] zu haben.

Der Vollständigkeit halber fragte Luciana noch nach Frau Dahlbens Vorerkrankungen.

»Vorerkrankungen? Nein, ich bin eigentlich noch quietschfidel«, gab Frau Dahlben zurück.

»Also nehmen Sie gar keine Medikamente?«

_____

[1] Benigner paroxysmaler Lagerungsschwindel: Eine Innenohrerkrankung, die zu Drehschwindelattacken bei Kopfbewegungen führt.

»Doch, doch. Da ist die Blutdrucktablette morgens und die Wassertablette. Und natürlich das Elonquis«, ergänzte die Patientin.

»Eliquis, aha«, korrigierte Luciana subtil, »wofür nehmen Sie das denn?«

»Das Elonquis? Na zur Blutverdünnung!«

Luciana unterdrückte einen kleinen Seufzer und beschloss, es mit der Anamnese fürs erste gut sein zu lassen. Gerade als sie mit dem Befreiungsmanöver nach Epley[1] beginnen wollte, kam Pfleger Keno auf sie zu und rief:

»Herr Kuznetsova will nach Hause.«

Luciana nickte ihm als Zeichen, dass sie verstanden hatte, kurz zu, während sie gleichzeitig Frau Dahlbeins Kopf nach links drehte und ihren Oberkörper zügig nach hinten auf die Liege führte.

Frau Dahlben stellte sich als äußerst tapfer heraus, denn obwohl sie sich während des Befreiungsmanövers zweimal übergeben musste, hielt sie bis zum Ende durch. Wirklich besser schien es ihr jedoch noch nicht zu gehen und Luciana befand, dass sie sie so noch nicht nach Hause schicken konnte. Sie machte sich eine Notiz auf ihrem Klemmbrett, dass sie in ein paar Stunden noch einmal nach ihr sehen würde und gegebenenfalls erneut die Befreiungsübungen mit ihr durchführen würde. Fürs erste aber sollte sich Frau Dahlben ruhig etwas ausruhen und eine Ampulle Ondansetron gegen den Schwindel

---

[1] Befreiungsmanöver nach Epley: Therapie für den Lagerungsschwindel, die aus definierten Kopf- und Körperbewegungen besteht

140

bekommen.

Luciana tippte die Verordnung in den nächstgelegenen Computer und machte sich anschließend auf die Suche nach den Formularen für Entlassungen gegen ärztlichen Rat. Als sie eines gefunden hatte, ging sie zu Herrn Kuznetsova. Reisende soll man ja bekanntlich nicht aufhalten.

»Guten Morgen«, begrüßte sie ihn.

»Ich will nach Hause«, sagte er knapp und betrachtete seine Ärztin mit müdem Blick.

Luciana nickte.

»Deswegen bin ich hier. Also, Herr Kuznetsova, Sie hatten sehr wahrscheinlich einen epileptischen Anfall. Und wir wissen noch nicht, warum Sie den hatten. Wir würden Sie gerne noch etwas hierbehalten und herausfinden, warum Sie diesen Anfall hatten und Ihnen dann auch Medikamente mitgeben, damit Sie im besten Fall nie wieder einen Anfall bekommen. Ich weiß, Sie warten schon die ganze Nacht hier in der Notaufnahme und das ist natürlich nicht schön. Aber in wenigen Stunden haben wir ein Bett für Sie auf unserer Station, da ist es ruhiger und bequemer. Und es gibt einen Fernseher. Wie klingt das für Sie?«

»Schlecht. Ich möchte nach Hause«, wiederholte Herr Kuznetsova.

»In Ordnung, wir halten Sie natürlich nicht hier fest. Ich muss mir nur kurz ein Bild machen, dass Sie verstehen, welche Konsequenzen es haben könnte, wenn Sie jetzt das Krankenhaus verlassen.«

Luciana klärte Herrn Kuznetsova auf und ließ sich von

ihm die Risiken in eigenen Worten wiederholen. Dann hielt sie ihm das Formular zum Unterschreiben hin und fragte:

»Sollen wir jemanden anrufen, der Sie abholt?«

»Nein.«

»In Ordnung, dann rufen wir Ihnen ein Taxi«, entschied Luciana, »geben Sie einfach Pfleger Keno Bescheid, wenn Sie so weit sind.«

Herr Kuznetsova nickte kurz. Luciana verabschiedete sich und ging zu einem der freien Computer, um den vorläufigen Entlassbrief zu tippen.

Da klingelte ihr Diensthandy. Es war Amelie, die ihr einen neuen Patienten ankündigte. Ein junger Mann mit Fieber, Kopfschmerzen und Bewusstseinsminderung. Geistesgegenwärtig hatte Amelie ihn bereits als Isolations-Patient aufgenommen und sowohl das Aufnahmelabor als auch die Blutkulturen abgenommen. Verdacht auf Meningitis: Hirnhautentzündung.

Luciana ließ alles stehen und liegen und beeilte sich, ins Isolationszimmer zu kommen. Eigentlich hatte sie endlich auf Station 5B anrufen wollen, um ein Bett für Herrn Munsch zu besorgen. Doch dafür blieb nun keine Zeit. Eine Meningitis war eine ernstzunehmende Sache.

Luciana zog sich die Schutzkleidung über, als eine Stimme in ihrem Kopf sie daran erinnerte, dass sie am besten gleich das Lumbalpunktionsset mitnahm. In voller Schutzmontur sprintete sie durch die Notaufnahme, die sich bereits deutlich gefüllt hatte, schnappte sich das Punktionsset und eilte nicht ohne von allen Seiten als "Schwester" angerufen zu werden zurück zum Isolationszimmer.

142

Der junge Patient, Herr Holler, wälzte sich unruhig auf der Liege hin und her. Sein Blick war glasig und seine Haut nass von Schweiß. Luciana sprach ihn an, doch er reagierte kaum. Er schien in eine andere Welt abgedriftet.

Sie untersuchte ihn, so gut sie konnte, und als die Zeichen einer Hirnhautentzündung sich verhärteten, rief sie den Neuroradiologen Marco für ein CT an, dass sie vor der Lumbalpunktion noch brauchte.

Marco war wenig begeistert. Einen isolierten Patienten ins CT zu schieben, bedeutete, dass danach alles komplett desinfiziert werden musste. Aber gut, das war der Job.

Luciana schob Herrn Holler, der in etwa so alt sein dürfte wie sie selbst, persönlich ins CT. Dies entpuppte sich als weise Entscheidung, da er noch auf dem CT-Tisch einen Krampfanfall erlitt. Nach einer ordentlichen Dosis Valproat, war der Krampfanfall durchbrochen und das CT verwackelt. Marco bestätigte ihr trotz des schlechten Bildes, dass es keine Hirndruckzeichen gab, so dass Luciana, sobald sie wieder im Isolationszimmer war und einen prüfenden Blick auf das Labor geworfen hatte, mit der Lumbalpunktion begann.

Gerade als sie sich die sterilen Handschuhe angezogen hatte, klingelte das Diensttelefon. Sie seufzte und bat Amelie, die zum Glück auch mit im Raum war, das Gespräch für sie anzunehmen.

»Zwei neue Patientinnen für dich«, fasste diese zusammen.

Luciana schluckte schwer und versuchte sich auf die Nadel in Herrn Hollers Rücken zu konzentrieren. Als sie schließlich die richtige Stelle erreicht hatte, tropfte es dickflüssig und gelblich trüb aus der Kanüle: Fulminante Meningitis.

Luciana telefonierte mit Moritz, der heute auf der Intensivstation eingeteilt war, und überredete ihn, trotz einiger Resistenz seinerseits, Herrn Holler aufzunehmen. Dieser schien immer weiter abzudriften und sah für Luciana nicht so aus, als ob er auf Stroke-Unit gut versorgt wäre.

Sie schob Herrn Holler also in den zweiten Stock auf die Intensivstation, wo Moritz sie schon erwartete.

»Verlegungsbrief ist angelegt?«, fragte der.

Luciana schüttelte den Kopf.

»Das wird noch bisschen dauern, der neurologische Bus ist da«, seufzte sie.

Moritz verdrehte die Augen und Luciana war sich nicht sicher, ob die Geste dem neurologischen Bus oder dem unfertigen Verlegungsbrief galt. Aber egal, sie musste weiter.

Zurück in der Notaufnahme, rief Amelie ihr im Vorübergehen zu, dass zusätzlich zu den zwei telefonisch angekündigten Patientinnen noch ein neuer aufgetaucht war. Der sei aber nicht so eilig zum Ansehen.

Luciana nickte und versuchte, nicht darüber nachzudenken, dass sie bereits viel zu viele Patientinnen gesammelt hatte.

Frau Meisner war eine siebenunddreißigjährige Patientin, die in Begleitung ihrer Mutter in die Notaufnahme gekommen war. Zu Beginn der Anamnese hatte Luciana einige Augenblicke benötigt, um herauszufinden, welche der beiden jetzt eigentlich ihre Hilfe

144

brauchte.

Es stellte sich heraus, dass Frau Meisner junior seit etwa einem halben Jahr an Kopfschmerzen litt. Luciana spürte, wie ihr bei dieser Information ein wenig das Gesicht entglitt. An einem Tag wie heute war einfach keine Kapazität für Beschwerden seit Monaten. Dies war eine Notfallaufnahme. Mit Betonung auf Notfall. Gut, dass der Mundnasenschutz ihre Mimik zum größten Teil verbarg.

Trotz allem spürte Luciana die Ratlosigkeit der Patientin und einen kurzen Arztbrief würde sie so oder so verfassen müssen, also fuhr sie mit der Anamnese fort.

»Wie häufig im Monat haben Sie denn die Kopfschmerzen?«, fragte Luciana.

»Oh, das weiß ich gar nicht so genau. U... und wenn Sie mich jetzt so angucken, dann... dann werde ich ganz nervös, dann fällt mir gar nichts mehr ein, entschuldigen Sie«, sagte Frau Meisner verzweifelt und wich dem Blick der Ärztin aus.

Luciana versuchte, den Rest ihrer Empathie trotz der widrigen Umstände zusammenzukratzen und antwortete so feinfühlig wie möglich:

»Kein Problem, das kann ich gut verstehen. Ich muss sowieso ein paar Notizen auf meinem Klemmbrett durchgehen. Ich mache das einfach hier und Sie überlegen in Ruhe. Wenn Sie so weit sind, geben Sie mir Bescheid.«

Mit diesen Worten senkte Luciana den Blick auf ihr Klemmbrett und überflog die einem Mosaik gleichenden Notizen:

Sie musste ein Bett für Herrn Munsch auftreiben. Sie musste Frau Dahlben nochmal nach ihrem Schwindel fragen. Sie musste überlegen, was sie mit Frau Graf, der Parkinson-Patientin anstellen sollte und sie musste den Verlegungsbrief von Herrn Holler fertig machen. Außerdem gab es noch mindestens zwei Neuankömmlinge, die sie noch nicht gesehen hatte.

Plötzlich meldete sich Frau Meisner senior zu Wort und riss Luciana aus ihren Gedanken.

»Jetzt wenn man so darüber nachdenkt, fallen einem noch viel mehr Dinge auf, die vielleicht wichtig sein könnten. Zum Beispiel musste ich Sarah als Baby deutlich mehr stillen als ihren kleinen Bruder. Und auch im Kindergarten war Sarah immer müde und wollte länger Mittagsschlaf machen, als die anderen Kinder... «

Das schlug doch dem Fass den Boden aus! Erzählte sie gerade wirklich vom Stillverhalten einer siebenunddreißigjährigen Patientin oder tagträumte sie gerade?, fragte Luciana sich, als just in diesem Moment Frau Meisner junior – angespornt durch die Erzählungen ihrer Mutter – mit in den Bericht einfiel:

»Ja stimmt, ich habe tatsächlich immer mehr Schlaf gebraucht. Auch in der Grundschule und eigentlich... «

»Stopp!«, rief Luciana händeringend, »Sie sollen sich darauf konzentrieren, wie häufig im Monat sie Kopfschmerzen haben. Das ist die einzige Information, die ich im Augenblick brauche.«

Da steckte Keno den Kopf durch den Vorhang, der das Abteil der Meisners begrenzte, und sagte:

»Lucy, einer von den Patienten der Inneren krampft grade, kannst du bitte kommen?«

Dankbar für den Ausweg aus dieser ineffizienten

Anamnese nickte Luciana, entschuldigte sich knapp bei den Meisners und eilte Keno hinterher.

Als sie bei dem Patienten ankam, war der Krampfanfall bereits vorüber. Ihre Kollegin der inneren Medizin hatte ihn mit einem Benzodiazepin zur Anfallsdurchbrechung behandelt. Luciana empfahl zusätzlich eine Ampulle Levetiracetam zu geben und ein CT durchzuführen.

»Ich stell dir dann noch ein Konsil, dass du ihn dir dann mit anschaust«, sagte die Kollegin, deren Namen Luciana nicht kannte.

»In Ordnung. Das schaffe ich aber frühestens nach dem CT, jetzt ist er dank des Benzodiazepins eh so weit weg, dass ich ihn kaum vernünftig untersuchen kann«, antwortete Luciana und eröffnete eine neue Mosaik- notizkachel auf ihrem Klemmbrett.

Da sie überhaupt keine Muße hatte, nochmal zu den Meisners zurückzukehren, beschloss sie zunächst Station 5B anzurufen.

»Hallo, hier ist Lucy aus der Notaufnahme. Ich brauche ein Bett für Herrn Munsch. Ein netter Herr mit Myasthenia gravis. Er ist nicht so schwer betroffen, also kann sich größtenteils selbst versorgen. Habt ihr was für mich?«

»Ja, aber erst in einer Stunde.«

»Okay, dann schicke ich ihn später hoch«, antwortete Luciana und legte auf. Angesichts der vielen ungesehenen Patientinnen, die in der Zwischenzeit aufgelaufen waren, würde Moritz sich ob des Verlegungsbriefs von Herrn Holler wohl noch gedulden müssen. Luciana machte sich auf den Weg zu Frau Werther, die bereits seit mehreren Stunden auf ihre ärztliche Aufnahme wartete.

Frau Werther war eine junge Patientin, zweiundzwanzig Jahre alt, und gab an, dass sie seit mehreren Monaten das Gefühl habe, sie habe eine Tomate auf dem Ohr. Luciana stutzte. Ging das Sprichwort nicht irgendwie anders? Ihr entwich ein kleiner Seufzer. Warum war Frau Werther von der Triage nicht zum HNO-Arzt geschickt worden? Was genau sollte hier ihr neurologischer Behandlungsauftrag sein?

»Es ist einfach ständig dieses Gefühl da. Ich höre immer noch alles gut, aber es fühlt sich einfach an, als ob da eine Tomate auf meinem Ohr wäre«, fasste Frau Werther die Situation zusammen.

Kurz überlegte Luciana, ob sie in der Personalküche vielleicht eine echte Tomate finden könnte, die sie der Patientin auf das andere Ohr legen könnte. Die wiederhergestellte Symmetrie würde sie vielleicht schon zufriedenstellen.

Dann seufzte sie erneut. Bei aller Absurdität spürte Luciana auch hier wieder die Hilflosigkeit der Patientin und diese "Sie-sind-meine-letzte-Hoffnung"-Mentalität.

Gerade als sie irgendwo in ihrem Herzen nach dem letzten Fünkchen Empathie suchte, ging ihr Pieper los: Stroke-Alarm.

Luciana hatte sich selten so verzweifelt und so erleichtert zugleich gefühlt.

148

28. Die Geschichte der Wirtschaftlichkeit

Doktor Benedikt Bernstein war auf dem Weg von seinem Büro zur Stroke-Unit. Sein sonst so leicht federnder Gang fühlte sich heute eher trampelnd an; fast so, als würde bei jedem Schritt ein bockiges Kind erbost mit dem Fuß auf den Boden stampfen.

Und tatsächlich: In Benedikt Bernstein kochte es. Er war – vollkommen zu Unrecht, wie er befand – von Professor Doktor Alois Mäcker zusammengefaltet worden.

Alois Mäcker war als leitender Oberarzt sozusagen die rechte Hand des Chefs und damit Doktor Benedikt Bernsteins Vorgesetzter. Innerhalb seiner Verantwortung lag unter anderem die Bearbeitung der Behandlungsprüfungen des medizinischen Dienstes der Krankenkassen. Konkret bedeutete dies, dass Professor Doktor Alois Mäcker regelmäßig Briefe mit Anfragen bekam, warum diese oder jene Diagnose gestellt wurde und warum dieses oder jenes Medikament gegeben wurde. Alles im Sinne der Wirtschaftlichkeitsprüfung.

Das Abrechnungsverfahren der Kliniken mit den Krankenkassen wurde, wie Doktor Benedikt Bernstein wusste, über Fallpauschalen geregelt. Je nachdem welche Diagnose festgelegt wurde, gab es Geld; und das nahezu unabhängig von der tatsächlichen Behandlungsdauer oder möglichen Komplikationen, die auftraten.

Dieses System hatte dazu geführt, dass die Oberärzte fast zu jeder Diagnose eine optimale Liegedauer auf ihrer Station im Kopf hatten. Ein Patient mit Hirninfarkt lag zum Beispiel optimalerweise genau zweiundsiebzig Stunden auf der Stroke-Unit, um den maximalen Gewinn aus-zuschütten.

Anscheinend hatte die Neurologie jedoch im vergangenen Quartal Miese gemacht und Professor Doktor Alois Mäcker zusätzlich unzählige Nachfragen der Krankenkassen bekommen. Vermutlich waren die wenigsten dieser Prüfungen zu Fällen der Stroke-Unit gewesen, dennoch hatte Doktor Benedikt Bernstein den Großteil der Wut des leitenden Oberarztes abbekommen. Vermutlich aus dem simplen Grund, dass er der Einzige war, der aus Alois Mäckers Sicht vielleicht noch zurecht-gebogen werden konnte. Alle anderen Oberärzte waren bereits zu lange in ihren Routinen festgefahren und würden sicherlich nicht auf Grund von Krankenkassen-forderungen ihre Behandlungsschemata verändern. Man stelle sich nur vor, wie jemand wie Privatdozent Doktor Ernst Hartmann sich von irgendwelchen Krankenkassen-heinis ins Geschäft reden ließe.

Doktor Benedikt Bernstein stapfte wütend den Gang entlang. Ihm war, als sei Professor Doktor Mäckers Ärger wie eine Welle auf ihn übergeschwappt. Warum musste er immer den Sündenbock spielen? Er war es leid, der einzig Vernünftige in der Runde zu sein!

Als er die Tore der Stroke-Unit mit seiner Chipkarte öffnete, schlug ihm die unverkennbare Geruchsmischung von Desinfektionsmittel, Eisen und Fäkalien entgegen. Er prüfte den Sitz seines Mundnasenschutzes, während er die Station überquerte und öffnete dann, ohne zu klopfen, die Tür zum Arztzimmer und blickte geradewegs in Lucianas dunkelbraune, ungewohnt leblos aussehende

150

Augen. Zeit für Nachmittagsvisite.

Die Nachmittagsvisite war schon fast vorüber, als die Sprache auf die möglichen Verlegungen auf Normalstation kam. Luciana wollte verständlicherweise Platz auf der Stroke-Unit machen, um für notfallmäßige Neuaufnahmen am Abend und in der Nacht gerüstet zu sein.

Insgeheim war Doktor Benedikt Bernstein erstaunt, dass die Erhöhung der Bettenzahl der Stroke-Unit um immerhin vier Betten nicht dazu geführt hatte, dass weniger Bettendruck herrschte. Im Gegenteil: Die Stroke-Unit lief auf Hochtouren und es waren fast jeden Tag zwölf bis dreizehn Betten belegt. Gab es plötzlich mehr Schlaganfälle in Blatikmünde? Oder diagnostizierten sie einfach nur mehr, da sie auch mehr Kapazitäten hatten? Wenn sie hundert Betten auf der Stroke-Unit hätten, würden sie dann auch siebenundachtzig Schlaganfälle mehr als jetzt diagnostizieren?

Doktor Benedikt Bernstein schüttelte den Gedanken mit einem kleinen Seufzer ab und widmete sich der aktuellen Frage: Wen konnten sie gegebenenfalls auf die Normalstation verlegen, damit es Platz für einen neuen Schlaganfallpatienten gab? Gemeinsam mit Luciana ging er die Stationsliste durch.

Eigentlich gab es nur zwei Kandidaten: Herr Drausnik, der zwar erst seit dreißig Stunden auf der Stroke-Unit lag aber nur sehr leicht betroffen war, und Frau Wijnewski, die die zweiundsiebzig Stunden schon voll hatte, aber weiterhin noch nicht wirklich von den Therapien auf der Stroke-Unit profitiert hatte.

Angesichts der aktuellen Situation entschied Doktor Benedikt Bernstein, Frau Wijnewski als Verlegungsoption festzulegen. Luciana schaute ihn verwundert an.

»Aber die ist doch noch total schwer betroffen, die braucht die tägliche Physiotherapie und vor allem die Logopädie hier! Können wir nicht lieber Herrn Drausnik verlegen? Der hat wirklich nur noch ein bisschen Schwäche in der linken Hand«, sagte sie.

»Frau Wijnewski ist die nächste Verlegungsoption«, sagte Benedikt schlicht.

»Aber Benni, du weißt schon, dass wegen der ganzen Krankheitsfälle aktuell keine Logopädie auf die Normalstation kommt? Frau Wijnewski hat noch immer eine globale Aphasie[1]! Ohne Logo wird das nichts mehr bei der.«

»Alea iacta est, Luciana. Meine Entscheidung ist getroffen. Frau Wijnewski kommt auf Normalstation, Herr Drausnik bleibt bis er seine zweiundsiebzig Stunden voll hat. Ende der Diskussion«, beharrte Benedikt und wich Lucianas Blick aus.

»Das kann nicht dein Ernst sein«, murmelte Luciana in einem letzten Versuch, ihn doch noch zur Vernunft zu bringen.

»Und ob das mein Ernst ist! Ich meine es bierernst!«, rief Doktor Benedikt Bernstein erbost und spürte gleichzeitig, wie die Ärgerwelle von ihm auf Luciana überschwappte. Er konnte gerade noch denken, dass er für nichts garantieren könne, sollte Luciana nun zurückschreien, als er urplötzlich feststellte, dass die Welle

---

[1] Globale Aphasie: Störung sowohl des Sprachverständnisses als auch der Sprachproduktion.

152

verebbt war. Luciana schien sie einfach geschluckt zu haben. Sie sah noch müder, noch geknickter aus als zuvor.

Unmittelbar machte sich ein schlechtes Gewissen in Doktor Benedikt Bernstein breit. Nie hatte er einer dieser Vorgesetzten sein wollen, die sinnlos laut wurden. Die Scham machte sich in ihm breit und mit einem knappen Nicken flüchtete aus dem Arztzimmer.

29. Die Geschichte der Softskills

Als Doktor Benedikt Bernstein das Arztzimmer verließ, saß Luciana geknickt in ihrem Drehstuhl. Einen kurzen Moment fühlte sie sich, als würde sie in einer riesigen Welle untergehen, doch dann internalisierten sich die Wassermassen und drückten von innen heraus gegen ihre Fassade. Luciana Vallejos Mella stand auf und ging zur Personaltoilette. Sie schloss sich in der Kabine ein, setzte sich auf den Klodeckel und ließ dem verinnerlichten Wasser freien Lauf, ganz knapp bevor es sie aufgerissen hätte. Es zwängte sich zwischen ihre Augenlider hindurch und bildete ein stetes Rinnsal.

Die Tränen flossen und Luciana schluchzte gedämpft. Nie hatte sie eine dieser Ärztinnen sein wollen, die auf der Arbeit weinten. Sie schämte sich.

Auf dem Rückweg zu seinem Büro dachte Doktor Benedikt Bernstein über Führungskompetenz nach und sah ein, dass er in diesem Bereich noch Nachhilfe gebrauchen konnte. Damit war er im Bunker zwar nicht allein, aber vermutlich war er der Einzige, der sich einen solchen Fakt eingestehen konnte und bereit war, an sich zu arbeiten.

In seinem Büro angekommen, machte er sich sogleich an die Recherche nach passenden Fortbildungsmöglichkeiten im Intranet. Es gab tatsächlich einiges an Angeboten, aber erst auf der zweiten Seite, fand er eines, das ihn ansprach:

UNFOLD – Führungskompetenzen und Softskills

im medizinischen Bereich

Er fuhr mit dem Mauszeiger auf die Überschrift und klickte. Das Seminar fand leider erst Ende des Jahres statt, aber immerhin gab es noch freie Plätze. Er meldete sich an und schickte dem Chef eine Mail mit der Bitte, zwei seiner Fortbildungstage für den Kurs nehmen zu können.

Unfold. Vor seinem inneren Auge sah er einen zerknitterten Schmetterling in einem Kokon, der langsam seine Flüge entfaltete und in all seiner Schönheit glanzvoll und majestätisch davonflog. Genau so etwas brauchte er jetzt.

Der Chef ließ nicht lange auf seine Antwort warten. Er war einverstanden. Stolz, sein Fehlverhalten bemerkt zu haben und direkt gehandelt zu haben, lehnte sich Doktor Benedikt Bernstein in seinem Drehstuhl zurück.

Gerade noch so die Kurve gekriegt, dachte er sich. Er würde doch nicht zu einem kauzigen alten Oberarzt werden, den keiner leiden konnte. Ohne Umgangsformen. Ohne Solidarität. Nein, er würde zum Assistentenflüsterer werden. Die Stroke-Unit würde zur neuen Lieblingsstation der Assistenten werden, einfach nur, weil er, Doktor Benedikt Bernstein, dort Oberarzt war.

Er war sehr zufrieden. Es war in etwa das Gefühl, das er als Student gehabt hatte, wenn er sich mal wieder kurz vor der Klausurenphase mit Fachbüchern eingedeckt hatte. Der Inhalt der Bücher war ihm zwar noch unbekannt, aber immerhin waren sie in seinem Besitz. Benedikt konnte sie jederzeit aufschlagen. Allein das war doch schon die halbe

Miete.

Irgendwo in seinem Hinterkopf, der gerade so entspannt auf seinen verschränkten Händen ruhte, nagte jedoch ein kleiner Gedanke, der ihn nicht losließ: Er musste die Sache mit Luciana wieder geraderücken.

Kurzentschlossen setzte er eine Mail an sie auf und drückte auf "Senden".

Hätte ich sie vorher nochmal durchlesen sollen?, fragte er sich kurz, schüttelte die Selbstzweifel jedoch gekonnt ab. Ach was. Jetzt hatte er wirklich alles in seiner Macht Stehende getan.

Liebe Lucy,

sorry wegen Vorhin. Die gute Nachricht ist aber:

Du hast mich inspiriert ein Softskill-Seminar für

Führungskräfte (Stichwort: Unfold) zu besuchen.

Ruhigen Dienst noch

LG

Benni

Luciana blickte verdutzt auf ihren Monitor. Sie blinzelte die letzten Tränenschlieren weg, um schärfer zu sehen. Sie war eben erst aus der Toilette zurück ins Arztzimmer geschlichen und wurde nun von dieser Mail als Pop-Up begrüßt.

Unfold? Luciana musste unwillkürlich an Origami denken und stellte sich Doktor Benedikt Bernstein als Origami-Figur vor, die plötzlich – nach dem Seminar – als faltiges, aber flaches Blatt Papier auftauchte. Unfold. Aus dreidimensional wird zweidimensional. Ein kleines Lächeln schlich sich bei dem Gedanken um ihre Lippen. Sie klickte das Fenster weg, straffte die Schultern und setzte eine Mail an Imke, die Logopädin, auf, in der sie sie bat, Frau Wijnewski doch, wenn irgend möglich, auch auf der Normalstation weiter zu betreuen.

Als sie schweren Herzens den Verlegungsbrief vorbereiten wollte, vernahm sie plötzlich ein durchgängiges Piepsen. Erschrocken warf Luciana einen Blick auf den Überwachungsmonitor, doch es schien alles in bester Ordnung. Erleichtert atmete sie tief durch und schüttelte energisch den Kopf. Das Piepsen verebbte.

Anscheinend habe ich jetzt auch noch einen Tinnitus, dachte sie resigniert und konzentrierte sich wieder auf Frau Wijnewskis Verlegungsbrief.

30. Die Geschichte der Ruhe vor dem Sturm

Es war August und Luciana hatte einen freien Tag. In den letzten Wochen hatte sie es an ihren spärlichen freien Tagen kaum noch geschafft, die Wohnung zu verlassen. Genauer gesagt: Sie hatte es kaum noch geschafft, das Bett zu verlassen. Und wenn doch, dann war sie maximal bis zur Couch gekommen. Zu ihrer Schande hatte Luciana vor lauter schlechter Laune und Energielosigkeit sogar ihre heiß geliebten Telefon-Kaffee-Dates mit Emmi vernachlässigt.

Heute aber war es anders. Sie hatte sich fest vorgenommen, einen Strandtag an der Ostsee zu machen. Und diesen Plan würde sie in die Tat umsetzen. Sie brauchte eine andere Aussicht als den Bunker. Sie brauchte die Weite des Meeres.

Auf der Fahrt zum Strand ließ Luciana Vallejos Mella den gestrigen Tag Revue passieren: Sie war bereits zur Übergabe von einer Fremdstation angerufen worden, dass ihr Patient aggressiv sei und dass doch versprochen worden sei, dass jemand komme und sich das ansehe.

»Haben wir einen Außenlieger[1]?«, hatte Luciana Grete gefragt.

»Ja, genau, den wollte ich gleich noch besprechen«, hatte diese geantwortet.

»Hast du versprochen, dass ich mir den jetzt angucke?«

---

[1] Außenlieger*in: Patient*in auf einer fachfremden Station, wenn die eigene Station keine Kapazitäten mehr hat.

158

In Lucianas Ton schwang Ärger.

Grete hatte nur schuldbewusst genickt während Luciana das Telefonat beendete.

So hatte sie sich also auf den zehnminütigen Fußmarsch zu Station 3K gemacht, nicht ohne auf dem Weg genervt vor sich hin zu grummeln. Wenn der Tag schon so startete!

Auf Station 3K angekommen, hatte Luciana sich direkt zu Zimmer acht begeben, angeklopft und war, ohne eine Antwort abzuwarten, eingetreten. Der Anblick, der sie begrüßte, hatte sich so sehr auf ihre Netzhaut gebrannt, dass sie ihn auch jetzt noch bildlich vor sich sah:

Die zerknautschte und zurückgeschlagene Bettdecke auf dem elektrisch einstellbaren Krankenbett, das zersprungene Glas der beiden Überwachungsmonitore und die unzähligen Glasscherben auf dem Boden. Aber vor allem: Blut. Blut auf dem Bett, Blut auf dem Boden und feine Blutspritzer an den Wänden. Sie waren in schmalen, unzähligen roten Linien über alle Wände verteilt.

Ihr Patient war nicht zu sehen gewesen, doch es drang ein schwacher Lichtstrahl unter der Badezimmertür hervor. Vermutlich hielt er sich dort auf.

Vorsichtig, äußerst vorsichtig hatte Luciana sich zurückgezogen und die Zimmertür wieder geschlossen. Wie hoch war die Wahrscheinlichkeit, dass sie sich im Zimmer geirrt hatte und das gar nicht ihr Patient war?, hatte sie überlegt und beschlossen, einfach noch mal von vorn anzufangen.

Sie schritt auf den Stationsstützpunkt zu und stellte sich bei den Pflegekräften vor.

»Hi, ich bin Lucy von der Neuro. Ich komme wegen Herrn Westphal.«

Eine ältere, kräftige Pflegerin nickte wissend und sagte: »Der ist in Zimmer acht.«

»Okay, dann schau ich ihn mir mal an. Lässt sich das einrichten, dass erst mal jemand mitkommt, bis ich mir ein Bild von der Lage gemacht habe?«, fragte Luciana.

Die Pflegerin nickte erneut, stellte sich kurz als Anette vor und gemeinsam betraten sie Zimmer acht. Luciana war bemüht, abermals eine erstaunte Miene aufzusetzen. Wie sie es sich gedacht hatte, war der Patient im Badezimmer. Er schien relativ ruhig, allerdings war seine Venenverweilkanüle offen und schlackerte an seinem Handrücken herum. Es tropfte ein wenig Blut heraus. Da liegt also der Hase im Pfeffer, dachte Luciana und konnte sich nun die vielen Blutspritzer an der Wand erklären. Größere Schnittwunden schien er sich bei der Monitor-Zerschlagen-Aktion nicht geholt zu haben. Er sah alles in allem zwar etwas verwahrlost, aber einigermaßen fit aus.

Luciana verwickelte ihn in ein unverbindliches Gespräch während sie Anette bat, ihr ein bisschen Melperon[1] zur Beruhigung zu bringen.

»Am besten als Tropfen in diesen kleinen Shotbechern aus Plastik und dann bringst du mir auch eins mit Wasser drin mit.«

Anette sah sie verwundert an, nickte aber und kam zügig mit zwei gefüllten Plastikshotgläsern wieder.

Herr Westphal, oder besser gesagt: Ronny – er hatte

---

[1] Melperon: Antipsychotikum. Wird zum Beispiel zur Sedierung bei Erregungszuständen eingesetzt.

160

Luciana inzwischen das Du angeboten – ließ sich gerade darüber aus, dass er es satt hatte, fremdbestimmt zu sein. Niemand sollte ihm mehr Vorschriften machen und ihm sagen, was er zu tun und zu lassen habe.

Luciana, oder besser gesagt: Doktor Hilde – Ronny hatte sie Doktor Hilde getauft – hatte inzwischen beide Shotgläser entgegengenommen und hob Ronny das Melperon-Glas hin.

»Darauf trinken wir einen: Auf die Selbstbestimmung!«, verkündete sie und gemeinsam exten sie den jeweiligen Inhalt der Plastikgläser. Das schlechte Gewissen machte sich in Luciana breit und ein kleiner Teil in ihr konnte nicht umhin zu hoffen, dass Schwester Anette die Becher vertauscht haben möge.

Luciana tröstete sich mit dem Gedanken, dass ein bisschen untergejubeltes Melperon auf jeden Fall besser war als eine 5-Punkt-Fixierung[1] und anders hätte sie ihn nie überredet bekommen, wieder ins Bett zu steigen und mit ihr auf die neurologische Station mitzukommen.

Luciana Vallejos Mella war inzwischen am Strand angekommen und machte ihre ersten Schritte im Sand. Er war warm und weich. Sie genoss den Moment, in dem ihre Schritte plötzlich nicht mehr auf dem Steinboden widerhallten, sondern der Sand alle Geräusche verschluckte. Es war endlich still. Nur in der Ferne hörte sie ein paar Kinder kreischen. Sie schienen Sandburgen zu

---

[1] 5-Punkt-Fixierung: Methode, mit der fremd- oder eigenaggressive Patient*innen am Krankenbett festgemacht werden.

bauen.

Dafür, dass es August war, war erstaunlich wenig los. Aber gut, es war ja auch unter der Woche und der Tag war noch jung. Luciana sah ein paar Rentner in Strandkörben sitzen und Zeitung lesen, während sie den breiten Sandstrand in Richtung Ostseeufer überquerte. Es tat gut, den Kopf frei zu bekommen. Als der leicht salzige Geruch der Meeresgischt durch ihre Nase zog und sie in naher Ferne Möwengeschrei vernahm, hatte sie das Gefühl, dass ihre Gedanken endlich dem Bunker entfliehen konnten.

Da klingelte das Diensttelefon. Unerbittlich laut und störend tönte es über den Strand. Luciana zuckte zusammen. Ein Passant beantwortete das Klingeln und vertiefte sich alsbald in ein Gespräch.

Alles gut, sagte Luciana sich, es war nicht das Diensthandy. Es war einfach nur der gleiche Klingelton. Das Diensthandy lag im Bunker in der Notaufnahme und torpedierte eine andere unglückliche Seele.

Doch es half nichts, ihre Gedanken waren zurück im Bunker.

Luciana war in der Notaufnahme gewesen, als genau der gleiche Klingelton erklungen war. Sie hatte geantwortet und hatte eine nette alte Dame am anderen Ende der Leitung gehabt, die sich Sorgen um ihren Ehemann machte und fragen wollte, ob sie ihn in die Notaufnahme bringen könne. Wie sie an die Direktdurchwahl der diensthabenden Neurologin gekommen war, hatte Luciana nicht herausfinden können. Für solche Lappalien war keine Zeit gewesen, denn der neurologische Bus war eben angekommen.

162

Nach kurzer Schilderung bot Luciana der Dame schweren Herzens an, dass sie ihren Gatten vorbeibringen könne, sie werde allerdings mit Wartezeit rechnen müssen. Die Dame willigte ein und Luciana erfragte geistesgegenwärtig noch den Namen ihres Mannes, so dass sie bei seiner Ankunft auf die bereits erhobene Fremdanamnese zurückgreifen konnte.

Sie zückte ihr geliebtes Klemmbrett und ihren Stift Herbert und notierte: *Gustav Richard Emil Ida Nordpol...* Moment. Nordpol? Der Frauenname hatte Luciana bereits stutzen lassen - gut eigentlich hatte sie bereits die Anzahl der Namen stutzig werden lassen - aber Nordpol? Schlagartig war ihr die Epiphanie gekommen, dass die Dame ihr den Namen ihres Ehemannes mit Hilfe des Funkalphabets buchstabierte. G für Gustav und so weiter.

Unwillkürlich brach Luciana in ein verzweifeltes Lachen aus. Wenn ihr Gehirn nicht mehr fähig war, diese einfache und bereits vielfach angewandte Transferleistung zu erbringen, war sie dann wirklich geeignet, sich um anderer Leute Gesundheit zu kümmern? Doch ehe sie die Frage zu Ende hatte denken können, hatte bereits der Pieper Alarm geschlagen und sie dazu gezwungen, das noch laufende Gespräch hastig zu beenden. "*Grein...* " musste als Hinweis auf den Patienten reichen.

Luciana wischte sich mit dem Handrücken einen Tropfen Gischt von der Wange. Oder war es eine Träne? So oder so, nach diesem beinahe schon an PTBS[1] erinnernden Flashback, wusste sie endlich, was zu tun war.

---

[1] PTBS: **P**ost**t**raumatische **B**elastung**ss**törung

31. Die Geschichte des Sturms

Es war soweit: Luciana Vallejos Mella hatte gekündigt. Und es hatte sich gut angefühlt. Nicht überwältigend gut. Aber gut. Immerhin nicht schlecht.

Was das für ihren Karrieretraum Neurologin bedeutete oder wie ihre nahe und ferne Zukunft aussehen sollte, wusste Luciana noch nicht. Sie wusste nur, dass sie im Bunker schon viel zu lange nicht mehr glücklich war.

Sie hatte Medizin studiert, weil sie anderen hatte helfen wollen; weil sie das intrinsische Bedürfnis hatte, ihre direkte Umwelt zum Positiven zu beeinflussen. Doch der Bunker war nicht der richtige Rahmen dafür. Er saugte ihr nur ihre eigene Lebenskraft aus, anstatt sie dabei zu unterstützen, Gutes zu tun.

Luciana hatte dem Chef ihre Kündigung persönlich geben wollen und hatte sich dafür extra nach ihrem Nachtdienst auf den Weg zu seinem Büro gemacht. Doch er war nicht da gewesen. Nicht einmal Chefsekretärin Sandra war da gewesen. Mit einem etwas unbehaglichen Gefühl, und dem bitteren Gedanken, ob sie eigentlich die Einzige war, die im Bunker arbeitete, hatte sie die Kündigung also kurzentschlossen in sein Fach gelegt. Schluss, aus, Feierabend. Es duftete nach Buchenrauch.

Heute, an einem nebligen Septembermorgen, war tatsächlich einer ihrer letzten Dienste. Auf Grund ihrer drei Wochen Resturlaub lagen der Kündigungszeitpunkt und ihr letzter Tag relativ dicht beieinander. Und durch die vielen Nachtdienste hatte sie noch keine Gelegenheit

164

gehabt, mit dem Kollegium über ihren baldigen Abschied zu sprechen.

Sie saß an einem Schreibtisch in der Notaufnahme und hatte das Gefühl, dass ihr seit der Kündigung alles viel leichter von der Hand ging. Allein das Wissen, dass dies alles bald ein Ende haben würde, reichte, um ihr die nötige Kraft für die letzten Dienste im Bunker zu geben.

Da klingelte ihr Telefon. Es war Professor Doktor Alois Mäcker.

»Frau Vallejos, ich habe gehört, Sie verlassen unsere schöne Klinik.«

»Da haben Sie richtig gehört«, antwortete Luciana neutral.

»Ja, also, es ist müßig darüber zu reden, da Sie sich ja bereits entschieden haben. Aber ich möchte dennoch sagen, dass es sehr schade ist. Sie waren eine der wenigen Kolleginnen, die die Neurologie soweit verstanden haben. Sollten Sie sich noch mal umentscheiden, kommen Sie gerne wieder.« Mit diesen Worten legte Professor Doktor Mäcker auf.

Luciana war baff. So etwas Nettes hatte sie von ihm noch nie vernommen. Im Gegenteil, üblicherweise hatte Alois Mäcker eine Begabung dafür, in anderen Selbstzweifel zu wecken. Luciana konnte sich an kein einziges Gespräch mit ihm erinnern, nachdem sie sich nicht dumm gefühlt hatte. Sein Anruf erfüllte sie mit Stolz und Trauer zu gleich. Sie wünschte, er hätte solche Worte bereits früher für sie übriggehabt. Dann wäre es vielleicht nicht so weit gekommen.

Doch bevor sie weiter darüber nachdenken konnte,

klingelte es erneut. Es war Doktor Benedikt Bernstein.

»Lucy, mir ist da etwas über dich zu Ohren gekommen. Weißt du, was ich meine?«

»Dass ich gekündigt habe?«, riet Luciana.

»Genau. Mensch, du bist jetzt schon die vierte dieses Jahr! Ich habe es dem Chef ja gleich gesagt: Entweder es ziehen alle privat um oder wir behandeln unsere Angestellten schlecht. Was ist es denn bei dir?«

»Also ... ich ziehe nicht um«, sagte Luciana und fügte schnell hinzu: »Aber von dir habe ich mich nicht schlecht behandelt gefühlt, Benni. Es ist einfach das Gesamtpaket. Der Druck, die Dienste, das Einspringen, die ständige Erreichbarkeit, auch wenn man frei hat, der Umgang mit Überstunden, die schlechte Kommunikation, die Entscheidungen, die nach Wirtschaftlichkeit anstatt nach bestem medizinischem Wissen und Gewissen getroffen werden... einfach alles.«

Es folgte eine ohrenbetäubend laute Stille und Luciana stellte sich vor, dass Doktor Benedikt Bernstein in seinem Büro saß und grüblerisch nickte.

»Da hast du ja ganz schön viel geschluckt«, brach er schließlich das Schweigen. »Zumindest habe ich dir nie angemerkt, dass du unzufrieden bist«, ergänzte er.

Luciana wusste wohl, dass Benedikt diese Aussage vermutlich eher als Verteidigung dafür gemeint hatte, dass er seiner Fürsorgepflicht als ihr direkter Vorgesetzter nicht genug nachgekommen war. Trotzdem konnte sie nicht umhin, sich angegriffen zu fühlen.

»Nur weil ich nicht verheult zur Arbeit komme oder andere vor Wut anschreie, heißt das nicht, dass ich meinen

Unmut versteckt habe. Wir haben oft genug über Verlegungen diskutiert, ich habe oft genug Überstunden aufgeschrieben und ich habe oft genug angesprochen, dass wir für dreizehn Stroke-Betten eigentlich zwei Ärztinnen bräuchten. Dass ich trotz der widrigen Bedingungen meinen Job zuverlässig ausgeführt habe und den Respekt zu meinen Kolleginnen gewahrt habe, nennt man "Kompetenz" und nicht "Schlucken"«, sagte sie ruhig, aber bestimmt in den Hörer und legte vor lauter Ärgernis auf.

Gerade als sie tief durchatmen und endlich weiterarbeiten wollte, klingelte das Telefon erneut. Es war Privatdozent Doktor Ernst Hartmann.

»Luciana... Da komme ich vom Urlaub wieder und finde dein Arbeitszeugnis im Drucker. Du hast gekündigt?«, leitete er das Gespräch ein.

»Ja. Und ist es denn gut?«, fragte Luciana neugierig.

»Was?«

»Das Arbeitszeugnis.«

»Na, das will ich ja wohl hoffen! Wir alle reden doch nur in den höchsten Tönen von dir. Du bist eine sehr geschätzte Kollegin. Aber ich habe nur einen kurzen Blick darauf geworfen und als ich deinen Namen entdeckt habe, bin ich aus allen Wolken gefallen. Können wir, bevor du gehst, vielleicht noch einmal einen Kaffee zusammen trinken? Ich würde gerne deine Beweggründe verstehen, aber vor allem bin ich gespannt, wie es bei dir weitergeht. Wenn du irgendwo einen Fuß in der Tür brauchst, bin ich natürlich gerne dein Ansprechpartner.«

Erstaunt und ein wenig gerührt willigte Luciana ein. Sollte tatsächlich Privatdozent Doktor Ernst Hartmann derjenige sein, der ihr noch einen schönen Abschied vom Bunker bescheren würde?

Nach Ende des Dienstes sah Luciana bei der Chefsekretärin Sandra vorbei. Sie hatte ihr per Email Bescheid gegeben, dass ihr Arbeitszeugnis abholbereit war.

Bereits einen Schritt hinter Sandras Zimmer öffnete Luciana die Mappe und warf einen Blick auf ihr Zeugnis.

Weiterbildungszeugnis zur Vorlage bei der

Ärztekammer über Dr. med. Luisa Vallejos Mella

Luisa? Doktor? Luciana konnte es nicht fassen. Sie hatte ihren Vornamen verloren! Aber zeitgleich einen Doktortitel gewonnen. Immerhin. Und immerhin stand da nicht Villareal. Aber mal im Ernst: Luisa...?!

Sie machte es Ernst Hartmann nach und blätterte direkt zur letzten Seite – der wichtigsten Seite, nämlich der, an der man sieht, wer für den ganzen Mist verantwortlich ist. Unterschrieben hatten gleich drei: Der Chef, Professor Doktor Alois Mäcker und Doktor Benedikt Bernstein. Luciana schüttelte ungläubig den Kopf. Soviel zu "*geschätzte Kollegin*" und "*in den höchsten Tönen*".

Apropos Ernst! Hatte er nicht gesagt: "*Als ich deinen Namen entdeckt habe...*"?

Naja, da wird er wohl gerade zwei Sekunden verwirrt gewesen sein, dachte Luciana grinsend, klappte die Mappe zu und kehrte dem Bunker den Rücken zu. Wenn sie sich recht entsann, wartete in ihrer Wohnung bereits eine Flasche Carménère auf sie.

Danksagung

An dieser Stelle möchte ich den nachstehenden Personen meinen besonderen Dank zum Ausdruck bringen, ohne deren Mithilfe dieses Buch nie zustande gekommen wäre:

Tief verbunden und dankbar bin ich meinem Partner, der mich während des gesamten Prozesses – von der Idee bis hin zur Veröffentlichung – in jeglicher Weise unterstützt und bestärkt hat. Lieben Dank für deine Geduld, deine Anregungen und deine Liebe!

Vielen Dank auch meiner Familie, insbesondere meinen Eltern und meinem Bruder, die mir stets ein Halt waren und auf deren wertvollen Rückmeldungen ich aufbauen konnte.

Des Weiteren möchte ich meinen guten Freund*innen Vici, Annika, Diana und Manu fürs erste Probelesen danken! Eure Anmerkungen und Kommentare haben dieses Buch erst zu dem gemacht, was es nun ist.

Außerdem gilt mein Dank allen meinen Freund*innen, Lehrer*innen, Mentor*innen, Kolleg*innen und auch Patient*innen, die mich auf meinem Lebensweg begleitet haben und mir eine unerschöpfliche Quelle der Inspiration waren. Ihre Namen im Einzelnen aufzuzählen, würde den Rahmen dieser Danksagung sprengen, deshalb also ein anonymes, aber nicht weniger herzliches: Dankeschön!

Nicht zu vergessen natürlich mein aufrichtiger Dank dir, Claudia, für deine Bereitschaft, meinen Text in Bild zu verwandeln. Dank deines künstlerischen Talents und deiner Fähigkeit, Identitäten in Form und Farbe zu übersetzen, ist dieses Buch nicht nur schön zu lesen, sondern auch unendlich schön anzusehen und ich erfreue mich jedes Mal daran, wenn ich es in den Händen halte. Danke!

Zu guter Letzt möchte ich mich von ganzem Herzen bei Ihnen als Leser*in bedanken. Einen Debütroman zu erwerben, birgt selbstverständlich ein gewisses Risiko. Was auch immer Sie bis zu dieser letzten Seite geführt hat: Ich freue mich, dass Sie hier sind! Danke für Ihr Vertrauen!